KB123466

고전시가
쉽게
읽기

옛사람의 사랑과 욕망

고전시가 쉽게 읽기

옛사람의 사랑과 욕망

이정선 지음

보고사
BOGOSA

　전 국민들의 이동과 모임이 자유롭지 못하던 코로나19 시기에
각 방송사마다 진행했던 프로그램 중 인기가 있었던 것은 아마도
트로트 경연 대회일 것이다. 사람들은 경연 참가자들의 노래를 들
으며 일상의 시름을 달래야 했다. 우리네 삶의 희로애락喜怒哀樂을
트로트 가사에 의지했고, 마치 자신의 삶을 대변하는 것처럼 느끼
기도 했다. 사실 노랫말은 지금의 MZ 세대에겐 낯선 문화로 와닿을
수도 있는 내용들이 더러 있지만 세대를 넘어 모두의 마음속에 파
고들었다. 그래서 어린 젊은이나 나이가 든 어르신 할 것 없이 모두
가 트로트를 따라 부를 수 있었다. 이런 노래를 일러 '유행가요'라
고 한다.

　유가儒家의 경전인 『시경詩經』과 『서경書經』은 당시의 정치와 풍속
을 그 시절의 언어로 옮긴 글이다. 서양에서 최고의 고전으로 평가받
는 셰익스피어의 희곡도 그가 살던 때에 인기가 있었던 통속극이었
다. 이와 마찬가지로 우리 고전인 향가나 고려가요, 시조, 판소리,
민요도 그 당시에는 대중들이 즐겨 부르던 유행가요였다. 이처럼
지금 고전이라 불리는 작품은 그것이 쓰인 당시에는 가장 통속적인
언어로 백성들의 정서를 표현한 것이다. 시대가 지나다 보니 '고전'
이라 부르게 되었다. 이런 원리라면 미래의 노래 또한 현재의 노래가

되고, 과거의 노래가 되는 셈이다.

『고전시가 쉽게 읽기』는 이런 생각에서 출발했다. '고전시가'라고 하면 왠지 고서점 책장에 꽂혀서 시간의 흐름을 알려주는 좌표일 뿐 현재 우리와는 거리가 있는 세계로 치부하기 쉽다. 그것은 고전을 연구하는 전공자들에게나 필요한 것이지 일반 대중과는 별개의 영역이요, 옛시대의 이해하기 어려운 노래를 하고 있다고 생각했기 때문이다. 그 원인은 어디에 있을까? 학창 시절 우리에게 고전 작품은 감상의 대상이 아닌 늘 시험이라는 목적을 가진 부담스러운 과목으로 접했던 기억이 있다. 고전 작품을 해석하려면 옛말로 쓰인 표기법을 외국어처럼 우선 익혀야 하는 수고가 필요했다. 이런 저간의 사정들이 고전에 대한 막연한 두려움으로 비화하여 고전 작품을 기피하게 되는 이유도 한몫을 했으리라 생각된다. 만약 이것이 원인이라면 이런 장벽을 벗기기만 하면 되는 일이다. 고전시가 작품을 이해하기 쉽도록 현대어로 바꾸어 제공하고, 거기에 담긴 정서와 감정은 오늘날 우리의 삶과 그리 다르지 않고 표현의 차이가 있음을 알려주고 싶었다. 그래서 이 책에서는 모든 작품을 원전의 틀은 그대로 유지하면서도 최대한 현대어로 풀어서 제시하려고 했다. 이해를 돕기 위해서 가요와 가곡, 현대시와 소설, 영화와 광고 등 다양한 재료를 버무려 작품 해석의 도구로 삼았다. 그리고 여기에서 나 자신을 지나온 시간 앞에 투영하는 계기도 되었다.

자녀들 상급 학교 진학 때문에 이사를 갔던 곳에서 생각지도 못했던 어려움을 겪게 되면서 왜 이사를 했을까? 이곳으로 이사만 오지 않았더라도 이런 고통은 없었을 텐데 하며 후회할 때 〈청산별곡〉의 화자를 만났다. 그리고 한 달 반 간격으로 우리 곁을 떠나셨던 부모님을 생각하며 〈사모곡〉과 〈공무도하가〉를 해석하였다. 나보다 6살 위 누이를 떠나보내면서 든 생각을 월명사의 〈제망매가〉에 이입시켰다. 작품 속 화자의 입장에서 상대(임)를 바라보는 계기가 되었다. 화자와 임의 마음은 어떠했을까? 입장을 바꿔가며 그들이 겪었을 법한 일들을 유추했다. 또한 본문 중에는 수업 시간에 무심코 던졌던 질문이었는데 학생의 한마디가 생각의 물꼬를 튼 경우도 있었다. 고전시가의 정서와 유사한 현대 작품을 열심히 찾아서 알려준 학생도 있었다. 이 자리를 빌려 고마움을 전한다. 이 책은 이렇게 엮어졌다.

이 책을 출간하기 전 학생들에게 먼저 선을 보였다. 수강 신청을 하게 된 이유를 물어보니 고전시가에 대한 막연한 호기심과 문학에 대한 애정 때문이라고 응답한 학생들이 적지 않았다. 그래서 요즘 학생들이 무조건 눈에 보이는 실용적 가치에만 관심을 두고 있을 것이라는 편견을 바꾸게 되었다. 옛사람들의 사랑과 욕망에 관련된 작품을 한 편씩 들려주며 그들의 생각을 정리하게 하였다. 또한 이런 작품과 유사한 혹은 대비되는 작품을 찾아보라고 과제를 부여하기도 했다. 오늘날 빠르게 변모하는 현대 가요나 영화, 드라마 등의 흐름에 둔한 나와는 달리 그동안 자신들이 어려워만 했던 고전시가 작품과 관련 작품을 소개하며 그들의 방식으로 쉽게 이해했다. 그들에게는 그동안 고전시가를 흥미를 가지고 공부할 기회가 없었고, 그것을 즐길 방법을 제대로 배울 기회가 없었을 뿐이지 처음부터 고전시가를 무조건 배격한 것이 아니라는 사실을 알게 되었다. 이런 사실들이 책을 출간하게 된 계기가 되었다. 이처럼 고전시가는 먼 옛날의 노래가 아니라 오늘 우리들의 삶과 전혀 다를 바 없는 세계다. 삶의 희로애락이 녹아있다. 인생은 연습이 없다고 한다. 한 번 사는 인생, 그 인생의 기승전결이 실전이고 결과가 되는 셈이다. 문학은 누군가의 삶을 대신 체험하는 매체이기도 하다. 살아보지 않은 미지의 세계를 걸어가게 하는 길잡이 역할을 한다. 이것이 문학을 사랑하고 가까이 해야 하는 이유이다. 모쪼록 이 책이 고전시가를 어려워하는 이에게 쉽게 안내하는 이정표가 되었으면 좋겠다.

보고사와는 지난 2016년에 『고려시대의 삶과 노래』라는 저서를 출간하며 인연을 맺었는데 이번에도 이곳에서 출간을 하게 되어 기쁘다. 김흥국 사장님께 감사를 드린다. 이 책이 많은 독자들에게 사랑을 받았으면 좋겠다. 늘 곁에서 응원해 주는 아내에게 고마움을 전한다. 언제나 함께하시는 하나님께 감사를 드린다.

2024년 봄, 태조산 서실에서
이정선

1부

아련한 추억

가시렵니까?
지난날 우리의 추억은 아무것도 아닌 건가요
〈가시리〉

    7080세대에게 〈가시리〉는 이명우의 노래로 익숙하다. 그는 제 1회 대학가요제에서 이스라엘 민요 곡에 고려가요 〈가시리〉 전문과 〈청산별곡〉의 일부 가사를 담아 〈가시리〉라는 노래로 은상을 수상하였다. 다음은 그가 부른 〈가시리〉 전문이다.

가시리 가시리잇고 바리고 가시리잇고
날러는 엇디 살라 하고 바리고 가시리잇고

얄리얄라셩 얄리얄리 얄라셩
얄리얄리얄리 얄라리 얄리얄리 얄라셩

잡사와 두어리마나난 선하면 아니올셰라
셜온 님 보내옵나니 가시난닷 도셔오쇼셔

얄리얄리 얄라셩 얄리얄리 얄라셩
얄리얄리얄리 얄라리 얄리얄리 얄라셩

청산별곡이야 아

살어리 살어리랏다 청산에 살어리랏다

머루랑 다래랑 먹고 청산에 살어리랏다

얄리얄리 얄라셩 얄리얄리 얄라셩

얄리얄리얄리 얄라리 얄리얄리 얄라셩

… (후략) …

– 이명우 작사·외국곡, 〈가시리〉 (1979)

  이 노래의 원곡은 〈밤에 피는 장미Erev Shel Shoshanim〉[1]라는 제
목의 이스라엘 민요이다. 장미 가득한 숲으로 나가보자는 말로 시
작되는 이 노래는 결혼식 축가로 사용될 만큼 이스라엘의 젊은 연인
에게는 사랑의 송가로 알려져 있다. 그런데 이런 거룩한 노랫말에
'가시리'라는 이별의 가사를 얹어 이명우는 구성지게 불렀다. 느린
템포로 구슬픈 정서를 자아내는 이 노래는 듣는 이의 심금을 울렸

---

[1] "장미가 가득한 저녁에 / 우리 작은 숲으로 함께 나가봐요 / 몰약, 향신료와
유향으로 가득한 / 당신을 위한 아름다운 길을 따라서 // 새벽에 비둘기가 짝을
찾아 구구하고 지저귀면 / 당신의 머리도 이슬에 촉촉이 젖어 있고 / 아침이
돼서 당신의 입술이 장미꽃처럼 붉게 타오를 때 / 저는 당신의 입술에 키스하고
싶습니다. // 이제 서서히 밤이 다가와 / 산들바람에 향긋한 장미향이 다가오면
/ 당신에게 조용히 노래를 들려주고 싶어요 / 당신에게 바치는 사랑의 노래를
// 장미가 가득한 저녁에 / 우리 작은 숲으로 함께 나가봐요 / 몰약, 향신료와
유향으로 가득한 / 당신을 위한 아름다운 길을 따라서"

다. 그가 부른 〈가시리〉 노랫말은 고려가요를 모르던 이들에게는 문헌에서 전하는 고려 시대의 노랫말인 줄 알게 했고, '가시리' 하면 이스라엘 민요의 곡조를 읊조리게 할 정도로 강한 여운을 남겼다.

그렇다면 고려 시대에 불리던 〈가시리〉의 노랫말은 어떤 것일까?

가시리 가시리잇고 나는
버리고 가시리잇고 나는
위 증즐가 대평성대大平盛代

날러는 어찌 살라 하고
버리고 가시리잇고 나는
위 증즐가 대평성대大平盛代

잡사와 두어리마나는
선하면 아니 올세라
위 증즐가 대평성대大平盛代

설온 님 보내옵나니 나는
가시는 듯 돌아오소서 나는
위 증즐가 대평성대大平盛代

후렴구(위 증즐가 대평성대大平盛代와 여음구(나눈))를 제외하고 총 67자에 불과한 이 노래는 '가다'라는 뜻을 담은 어휘가 무려 22자에, '버리다'라는 어휘까지 포함하면 28자에 이른다. "가시리"라는 제목에 걸맞게 작품의 절반이 '가다'와 관련이 있다. 그만큼 이 노래는 떠나는 임에 대한 화자의 절규와 미련의 감정을 표현하고 있다. 임이 떠나가는 이유가 노랫말에는 나오지 않지만 "버리고"라고 거듭 토로하고 있는 점에서 화자는 자신의 의사와 상관없이 임에게 일방적인 이별 통보를 듣고 절망적인 상황에 놓인 것을 짐작할 수 있다. 다만 이 노래는 누가 지었는지 알 수 없고, 언제 창작되었는지도 모른다. 고려 시대 민간에서 부르던 민요라는 사실과 나중에 궁중의 음악으로 편입되어 고려속요라는 이름으로 전해지고 있다. 민요는 대개 일반적으로 누구나 쉽게 따라 부를 수 있고 노랫말의 의미도 어렵지 않다. 오늘날 우리 민족의 대표적인 민요라고 하면 대부분 〈아리랑〉을 떠올릴 것이다. '나를 버리고 가면 십 리도 못 가서 발병이 날 것'이라고 떠나는 임에게 여과 없이 직설적으로 표현한다. 〈가시리〉 또한 여기에서 크게 벗어나지 않는다. 위의 노랫말을 후렴구를 제외하고 오늘날의 말로 고쳐보면 대략 이렇다.

"가시렵니까? 가시렵니까? / (나를) 버리고 가시렵니까?
나더러 어찌 살라고 / 버리고 가시렵니까?
붙잡아 두고 싶지만 / 선하면 아니 올까 두렵습니다.
서러운 임 보내드리니 / 가시자마자 곧 돌아오십시오."

위 노래에서 "선하면 아니 올까 두렵습니다"와 "서러운 임 보내
드리니"에서 '선하면'과 '서러운 임'에 대한 해석이 조금 난해하게
느껴질 수 있다. 그러나 뒤의 말을 유추해서 살펴보면 어렵지 않
게 이해할 수 있다. '~하면' 임이 오지 않을까 화자는 두렵다고
한다. 화자는 떠나는 임을 붙잡아 두고 싶은 마음이 간절하지만
그렇게 하지 않은 이유가 '선하면'이다. 화자가 '선하면' 임은 영영
돌아오지 않을까 두려워하는 상황이다. "선하다"는 "서낙하다"의
준말로 "장난이 심하다. 그악하다"로 풀이할 수 있다. 평안도 지역
에서는 '헌데(상처 난 곳) 같은 것이 성이 나서 악화됨'을 "선하다"
라고 한다. 이렇게 본다면, 붙잡아 두고 싶은 마음에 너무 지나치
게 붙잡게 되면 오히려 임은 화자에게 정이 떨어져서 다시는 돌아
오지 않을까 하는 두려움을 표현한 것이라고 볼 수 있다. 그리고
"서러운 임" 또한 임이 화자를 어쩔 수 없이 남겨두고 떠나는 마음
이라면, 서러워하는 임으로 해석할 수 있다. 그러나 임은 화자의
입장을 전혀 고려하지 않는 상황이고, 화자가 느끼기에 임은 자신
을 버리고 간다고 여길 정도이니, 임은 화자에게 연민이 그다지

남아 있지 않다고 보는 것이 옳다. 그렇다면 "서러운 임"이란 어떤 곡절 때문에 서러워하며 떠나야 하는 임이라기보다는, 화자의 마음을 아프고 서럽게 만들어 놓고 떠나가는 임으로 보는 것이 온당한 해석일 것이다. 화자 자신이 갖고 있는 이 서러운 마음을 떠나는 임이 이해한다면 자신의 곁을 떠나지 않을 것이고, 떠난다고 하더라도 다시 올 것을 기대하기 때문이다.

그런데, 이런 노래에 "위 증즐가 대평성대大平盛代"라는 생뚱맞은 후렴구가 있다. 생뚱맞다고 한 것은 노랫말과 후렴구의 내용이 서로 조화를 이루지 못하고 각각의 소리를 내고 있기 때문이다. "대평성대"에서 대평大平은 태평太平과 같은 뜻이고, 성대盛代는 성세盛世와 같이 해석되므로 "대평성대"는 "국운이 번창하고 태평한 시대"를 의미한다. 따라서 떠나는 임을 붙잡기 위해 애쓰는 화자의 안타까운 목소리에 이러한 후렴구는 전혀 어울리지 않다. 그러기에 대부분 〈가시리〉를 언급할 때, 후렴구는 생략한 채 이해하곤 했다. 앞서 언급하였던 이명우의 〈가시리〉도 후렴구에다 본래 〈가시리〉에 있는 것을 쓰지 않고 〈청산별곡〉의 후렴구를 사용한 것도 이러한 이유일 수도 있다. 또한, 이 노래가 민간의 노래에서 궁중의 음악으로 귀속되면서 후렴구는 궁중에서 편곡을 할 때 첨가된 것이기에, 궁중 연희의 즐거운 분위기에 맞추어 군왕의 은덕을 칭송하는 신하들의 기쁨을 표현한 구절이라고도 여겼다. 또한, 노래의 뜻과는 관계없이 박자에 맞추기 위한 삽입구, 혹은 흥을 돋우어 주는 구실을 하는 것으로 간주하기도 하였다.

하지만 〈가시리〉의 후렴구가 여타의 노래들처럼 의미가 없는, 혹은 해석할 수 없는 후렴구와 달리 "대평성대"는 의미가 분명하다는 데 주목할 필요가 있다. 위에서 언급하였듯, "위 증즐가 대평성대"는 "임금님의 은혜나 덕이 가득 차 넘치는 태평한 시대"라는 뜻이다. 그런데, "대평성대"라는 말을 당대의 시대적 상황을 의미하는 넓은 뜻으로 이해하기보다는 시적 화자와 관련되어 있는 상대 즉, 두 남녀 간의 개인적 상황으로 좁혀 해석할 수도 있다. 〈가시리〉에서 언급하고 있는 후렴구는 두 남녀 간의 애정이 아무런 갈등과 어려움이 없이 아주 평온하고 좋은 상태라는 의미로 풀이할 수 있다. "태평성대"라는 말을 꼭 궁중에서만 사용했을 것이라는 생각은 편협한 생각일 수 있기 때문이다. 사랑하는 연인들에게 둘의 관계를 묻는다면, '우리 태평성대입니다'라고도 얼마든지 말할 수 있지 않을까 하는 생각이다. 따라서 "태평성대"의 의미를 남녀 간의 개인적 상황으로 바라보면 두 가지 경우로 해석할 수 있을 것이다. 하나는 과거 임과의 관계가 행복했던 상태를 뜻하는 회상적인 측면이라면, 다른 하나는 앞으로 그런 상태가 이루어지기를 염원하는 것을 동시에 내포하고 있을 수도 있다. 이렇게 후렴구를 이해한다면 〈가시리〉는 행마다 후렴구를 통해 '자신과 함께했던 때, 혹은 그렇게 될 날을 상기하고 임의 마음이 변하기를 간절히 바라는 태도'를 보여준 것이라고 할 수 있다.

이는 마치 김소월(1902~1934)의 〈진달래꽃〉 화자의 태도와 유사하다.

나 보기가 역겨워
가실 때에는
말없이 고이 보내 드리오리다

영변寧邊에 약산藥山
진달래꽃
아름 따다 가실 길에 뿌리우리다

가시는 걸음걸음
놓인 그 꽃을
사뿐히 즈려밟고 가시옵소서
… (후략) …

– 김소월, 〈진달래꽃〉

화자는 임이 가시는 길에 '영변에 약산 진달래꽃을 뿌리고 그 꽃을 밟고 가라'고 진술한다. 〈진달래꽃〉의 화자가 임이 가시는 길에 그동안 함께 지내며 둘만의 추억이 서린 영변의 진달래꽃을 뿌린 것은 떠나는 임이 그 꽃을 밟는 순간 자신과 함께 사랑을 맹세하던 그때를 기억하기를 원하는 의도라고 볼 수 있다. 이런 사실을 염두에 둔다면 〈가시리〉에서 연마다 반복되고 있는 후렴구는 화자가 애절하게 임을 붙잡으려는 마음의 표현을 편집자에 의해 한층 더 고조시키는 역할을 하고 있다. 연마다 자신의 현재 심정을 호소하면서 후렴구를 통해 떠나는 임의 마음을 흔들어보려는 마음이 절실히 나타난다.

이렇게 놓고 본다면 〈가시리〉는 곧, "정령 나를 버리고 가시렵니까? / (후렴) 우리들의 좋은(을) 때를 (기억하세요) / 어떻게 살라고 나를 버리고 가시렵니까? / (후렴) 우리들의 좋은(을) 때를 (기억하세요) / 붙잡을 수도 있지만 너무 그악스럽게 굴면 아니 올까 봐 / (후렴) 우리들의 좋은(을) 때를 (기억하세요) / 서러운 마음을 갖고 보내드리오니 가시는 즉시 돌아오세요 / (후렴) 우리들의 좋은(을) 때를 (기억하세요)"라는 뜻을 가진 노래로 이해된다.

고려가요 〈가시리〉는 오늘날에도 여러 가수에 의해 재창작되었다. 그중 SG워너비 & KCM의 〈가시리〉는 "라라라라라라 / 홀로 슬피 우는 새야 / 너도 사랑했던 님 찾아 우는구나 / 가슴이 쉬도록 그대 이름 부르고 나면 / 다시 내게로 돌아올 거야"라며 시작한다. 임의 떠남과 이별에 대한 아쉬움의 정서가 고려가요 〈가시리〉의 정서와 흡사하다. 그런데 가수 선미가 부른 〈가시나〉는 전혀 다른 면모를 보여준다.

너의 싸늘해진 그 눈빛이

나를 죽이는 거야

커지던 니 맘의 불씨

재만 남은 거야 왜

시간이 약인가 봐

어째 갈수록 나 약하잖아

슬픈 아픔도

함께 무뎌지는 거야

좋아 이젠 너를 잊을 수 있게

꽃같이 살래 나답게

Can't nobody stop me now no try me

나의 향길 원해 모두가

바보처럼 왜 너만 몰라

정말 미친 거 아냐 넌

왜 예쁜 날 두고 가시나

날 두고 가시나

날 두고 떠나가시나

그리 쉽게 떠나가시나

같이 가자고

약속해 놓고

가시나 가시나

··· (중략) ···

너는 졌고 나는 폈어
And it's over
다시 돌아온다 해도
지금 당장은 나 없이
매일 잘 살 수 있을 것 같지
암만 생각해봐도 미친 거 아냐 넌

··· (후략) ···

- Teddy, 선미, Joe Rhee, 24 작사·
TEDDY, Joe Rhee, 24 작곡, 〈가시나〉(2017)

이 노래의 '가시나'란 제목은 3가지 중의적 의미를 담고 있다고
한다.[2] 첫째, 꽃에 '가시가 돋는다'는 뜻과 둘째, 임은 날 두고 떠나
'가시나'란 뜻, 셋째, 순우리말로 '아름다운 꽃의 무리'라는 뜻을
포함한다. 두 번째의 의미를 통해 고려 시대의 가요인 〈가시리〉를
모티브로 잡아 이별의 정한과 정서를 대중가요로 잘 변용한 사례

---

2) 선미의 〈가시나〉 세목과 관련된 내용은 "나무위키namu.wiki"를 참조함.

중 하나로도 볼 수 있다. "날 두고 가시나 / 왜 예쁜 날 두고 가시나 / 날 두고 떠나가시나 / 그리 쉽게 떠나가시나 / 같이 가자고 약속해 놓고 / 가시나 가시나"라는 노랫말에서 의문문으로 이별을 고하면서 떠나가는 이에게 반복적으로 되묻는 질문이 고려가요 〈가시리〉와 흡사하다. 그러나 선미의 〈가시나〉는 "좋아 이젠 너를 잊을 수 있게 / 꽃같이 살래 나답게 " 하는 부분에서는 고려가요 〈가시리〉의 화자와 사뭇 다르다. '나답게 살 것'에 대한 의지가 명확하기 때문이다. "나의 향길 원해 모두가 / 바보처럼 왜 너만 몰라 / 정말 미친 거 아냐 넌 / 왜 예쁜 날 두고 가시나"에서도 상대가 이별을 고했지만 예쁜 날 두고 떠난 것은 미친 짓이라고 외친다. 이 노래에서 화자는 임이 떠난 것에 대해 원망을 하고 있지만 그보다 나답게 이겨내리라는 적극적인 모습을 보인 것과 임이 날 떠난 것에 대해 슬퍼하고 절망하기보다는 어이없어하는 태도가 고려가요의 화자와는 결이 다르다고 할 수 있다. 고려가요의 〈가시리〉는 당대의 남성이 원하던 여성상인 순종과 종속된 여성을 형상화했다면 선미의 〈가시나〉는 자신의 삶을 우선적으로 생각하며 사랑하는 관계에서도 주체적인 여성의 모습을 보여주고 있다. 격세지감隔世之感을 느낄 만한 모습이다.

한편, 고려가요 〈가시리〉의 화자가 떠나는 임을 두고 애잔하게 부른 노래라면, 그 임이 왜 떠나는지 작품 내용에는 아무런 정보가 없다. '가다' '버리다'라는 어휘로 보아 화자가 느끼기엔 일방적으로 자신을 두고 떠나는 임이라는 사실만 알 수 있다. 그런데 시인 홍신선은 임이 떠나는 이유를 〈증답 무명씨 부인〉이라는 작품에서 다음과 같이 진술하고 있다.

아직은 돌아갈 수 없습니다.
잠풍潛風한 베란다 밑
입도 코도 뭉개진
냉이꽃 몇이
극소極小한 낯바닥 참혹하게 깨트려 웃는
이곳을 버리고
부인, 훌쩍 돌아갈 수는 없습니다.

비록 내 이십세기쩍 사람으로 손에 쥐고 쓰던 기교와 생각은 낡아 가지만
샛바람에 꼬치꼬치 말라가는 적막의 뒷 등짝이 뼈 앙상하게 드러나 보이지만
서류 가방에 출근날과 퇴직연금, 그리고 우수바발을 뒤죽박죽 쑤셔넣고 구차
하게 떠돌다 묵는, 묵다 떠도는 이곳 출장은 얼른 끝날 일이 아닙니다.

그러나 날 가려 헛것인 노래를 서말지기 볍씨로 담가놓고
쭉정이처럼 띄워서 서럽디 서럽게
흘러 넘기는 그대의 나날
자는 듯이 엎어진 햇볕들을 젖혀보면
혀 빼물고 먼지처럼 부서져 내리는

그 허탈들을 압니다.

가시는 것처럼 돌아오라
가시는 것처럼 돌아오라
쇳된 목소리가 술 깨인 새벽이면
빈 거실에서 저 혼자 두서너 번 머리 부딪쳐 뒹굴기도 하지만
슬하의 갓난 풀싹이 어금니를 빠드득 빠드득 가는 소리
뒷세상의 어린 골육骨肉들에게
두 무릎 베어주고
독약처럼 마음 쓰다듬어 주고 앉은
나는
아직 돌아갈 수가 없습니다. 부인

- 홍신선, 〈증답 무명씨 부인〉

위 시는 고려가요 〈가시리〉의 '(나를) 서럽게 하고 가시는 임께
서 가시자마자 곧 돌아오십시오'라는 4연에 내재된 시상을 끌어와
서 재창작한 작품이다. 홍신선은 "아직은 돌아갈 수 없습니다"라
고 첫 행에서 운을 뗀 뒤, 자신이 곧바로 돌아갈 수 없는 내용을
조곤조곤 부인에게 설명하는 어투로 글을 쓰고 있다. 비록 자신의
생활은 술 깨인 새벽이면 빈 거실에서 나뒹굴 정도로 궁색하기 짝
이 없어 곧바로 부인에게 돌아가야만 할 것 같지만, 그는 그럴 수
없다고 한다. 자신이 떠난 뒤에 부인이 "쭉정이처럼 띄워서 서럽

디 서럽게 / 흘러 넘기는 그대의 나날"을 보내고 있고 "자는 듯이 엎어진 햇볕들을 젖혀보면 / 혀 빼물고 먼지처럼 부서져 내리는 그 허탈"해하며 지내는 것도 알고 있다. 그러나 1연에서 자신이 머물고 있는 집 베란다에서 자라는 냉이꽃의 웃는 모습이 좋아서고 2연에서 보듯 "서류 가방에 출근날과 퇴직연금, 그리고 우수바발을 뒤죽박죽 쑤셔넣고 구차하게 떠돌다 묵는, 묵다 떠도는 이곳 출장"이 일찍 끝날 것 같지 않기 때문이란다. 돌아가지 못하는 이유가 밥벌이를 해야 한다는 가장의 현실적인 일 때문이라면 어느 정도 이해는 간다. 그러나 냉이꽃의 웃는 모습이 좋아서라고 하는 말에서는 부인의 처지와 비교할 때, 우아하고 사치스런 변명거리로밖에 보이지 않는다. 차라리 그런 말은 안 하는 것이 나을 뻔하다. 여기에서 정작 임이 떠난 이유는 밝혀졌는데, 빨리 돌아갈 수 없다는 임의 대답은 왠지 모르게 궁색하게 들린다.

'기억은 머리가 하고 추억은 가슴으로 한다'는 말이 있다. 그만큼 지워지지 않는 것이 추억이다. 그런데 가슴에 담아야 할 추억을 이제는 핸드폰이 대신하는 시대가 되었다. 둘만의 추억을 사진과 영상으로 핸드폰에 저장하기 때문이다. 그런데 저장된 그 추억의 유통기한은 얼마 동안인지 모르겠다. 핸드폰에 담는 순간 팔다 남은 재고처럼 기억의 창고에 저장되는 것으로 만족하는 것이 아닌지 모르겠다. 그러다가 핸드폰을 리셋reset이라도 하게 되면 추억도 함께 사라진다. 아. 옛날이여! 지난날 추억들이 모여 오늘의 내가 있었다는 사실을 기억했으면 좋겠다. 지난 날의 나에게 최선을 다해 살아주었고 그리고 지금도 열심히 살고 있다고 내 자신에게 위로하고 싶기 때문이다.

고전시가 감상을 위한 한 방법

오늘날 가요는 노래를 부르는 성별에 따라 노랫말이 구별되는 경우가 많다. 여성 가수가 부른 노래를 남성 가수가 부르면 어딘지 모르게 어색한 느낌이 들기도 하기 때문이다. 그런데 옛 시가詩歌는 그렇지 않다. 대개 말하고 있는 목소리 주체는 가녀린 여성들이다. 기녀나 악공들이 오늘날의 가수 역할을 했겠지만 창작자가 굳이 가창자들을 염두에 두고 시가를 지었다고 말할 수 없다. 자신이 읊조리거나 다른 사람을 시켜서 부르게 했기 때문이다. 따라서 옛사람들의 시가에서는 누가 부르느냐를 두고 그 목소리와 노래를 부르는 주체를 '여성' 혹은 '남성'이라고 하지 않는다. 오직 그 노랫말 속에서 드러나는 목소리가 남성이냐 여성이냐가 중요하다. 대부분 남성보다 여성의 목소리가 많은 편이다. 노랫말을 지은 사람들은 황진이黃眞伊(1506~1567)나 허난설헌許蘭雪軒(1563~1589) 등 일부를 제외하고 남성이 압도적으로 많다. 그런데 이들은 남성의 목소리가 아닌 여성의 목소리를 차용하고 있다. 왜일까?

이를 이해하기 위해서는 지난 2016년 방영하여 온 나라의 여심을 자극했던 〈태양의 후예〉라는 드라마를 보면 쉽게 알 수 있다. 이는 낯선 땅 극한의 환경 속에서 사랑과 성공을 꿈꾸는 젊은 군인과 의사들을 통해 삶의 가치를 담아낸 블록버스터급 휴먼 멜로 드라마였다. 이 작품은 대한민국을 넘어 중국대륙까지 인기가 높았다. 남자 주인공 송중기에게 반해 상사병을 앓는 중국 여성들 때문에 중국 공안부가 이 드라마를 보면 잠재적 안전의 위험이 있을 수 있다고 경고했을 정도라고 한다.

이는 지난 2002년 방영된 〈겨울연가〉가 일본에서 '욘사마 신드롬'을 낳았고, 이것이 한류 열풍의 시발점이 된 것과 매우 유사하다. 이 두 드라마의 공통점은 꽃미남 이미지를 갖고 있는 남자 주인공이 있다는 것과 이 드라마를 쓴 작가들은 여성이라는 점이다. 물론 〈태양의 후예〉는 김원석과 김은숙의 공동 집필이지만 재난, 액션 장면은 김원석이, 멜로 장면은 김은숙 작가가 담당했다고 한다. 〈겨울연가〉는 윤은경, 김은희 작가의 공동작품이다.

여성이 집필하여, 그 목소리를 멋진 남자 주인공의 입으로 전달하면 그 이야기에 심쿵할 사람들은 누구일까? 바로 여성들이다. 대한민국이나 일본, 중국 등 이 작품을 접한 사람들은 남성보다 여성들이 압도적으로 많았고 주인공의 달콤한 말 한마디마다 감동했다. 그렇다면 이들 작품에는 여성이 꿈꾸며 듣기를 원하는 - 심쿵하는 - 말들을 대사로 엮어 남자 주인공 입을 통하여 여자 주인공에게 전달하려는 원리가 작동하고 있다고 볼 수 있다. 이와 같은 방법으로 옛사람들의 노랫말을 추적해 보면 그들이 왜 여성의 목소리를 차용했는지 답이 나온다. 지금과는 반대로 대다수가 남성에게 전달하고 싶은 내용들이기 때문이다. 그렇다면 그것을 발설하는 목소리는 여성이 되어야 하고, 이를 창작한 사람은 남성이라고 볼 수 있다. 여기에 남성 작가가 여성의 목소리로 남성들에게 자신의 사상을 전달하려는 목적을 가지고 있다고 볼 수 있다.

뱃사공, 그는 무슨 죄인가?
〈서경별곡西京別曲〉

　　〈남자는 배, 여자는 항구〉는 가수 심수봉이 1984년에 발표한 곡으로, 중년들 사이에서 아직도 널리 불리고 있는 노래다. 쉽게 연인을 버리고 떠나버리는 남자를 '배'에 그 남자가 떠났음에도 불구하고 끝까지 기다리는 여자를 '항구'에 비유하였다. 심수봉은 지난 2012년 2월 모 방송국에 출연해서 "〈남자는 배 여자는 항구〉라는 이 노래는 꽃꽂이 선생님을 위로하려고 만든 노래였다"고 했다. "그분이 노처녀였고 남자 친구가 외항선원이었다. 1년 정도 항해를 떠나는 남자 친구를 배웅하고 오는 모습이 너무 슬퍼 보여서 그때 떠오른 게 남자는 떠나가는 배이고, 여자는 배를 기다리는 항구였다"라며 노래를 짓게 된 저간의 사정을 토로했다.

　　당시 노래가 발표되었던 1980년대만 해도 대부분의 노래 가사에서 여성은 이처럼 수동적인 입장으로 표현되었다. 그래서 연인을 애타게 기다리는 여자의 마음을 절절하게 부른 이 노래가 당대 여성들 사이에서 명곡으로 남아 있다. 거기다 심수봉 특유의 가냘픈 목소리가 애타는 마음을 더욱 부각해 그 효과가 배가 되었다고 생각한다.

언제나 찾아오는 부두의 이별이
아쉬워 두 손을 꼭 잡았나
눈앞의 바다를 핑계로 헤어지나
남자는 배 여자는 항구

보내주는 사람은 말이 없는데
떠나가는 남자가 무슨 말을 해
뱃고동 소리도 울리지 마세요

하루하루 바다만 바라보다
눈물 지으며 힘없이 돌아서네
남자는 남자는 다 모두가 그렇게 다
아~ 아 아~
이별의 눈물 보이고 돌아서면 잊어버리는
남자는 다 그래

매달리고 싶은 이별의 시간도
짧은 입맞춤으로 끝나면
잘 가요 쓰린 마음 아무도 몰라주네
남자는 배 여자는 항구

아주 가는 사람이 약속은 왜 해
눈 멀도록 바다만 지키게 하고
사랑했었단 말은 하지도 마세요

못 견디게 내가 좋다고

달콤하던 말 그대로 믿었나

남자는 남자는 다 모두가 그렇게 다

아~ 아 아

쓸쓸한 표정 짓고 돌아서서 웃어버리는

남자는 다 그래

– 심수봉 작사·작곡, 〈남자는 배 여자는 항구〉 (1984)

노랫말 속을 따라가면 남자는 여자를 울게 한다. 바다를 핑계로 돌아서면 잊어버리는 남자들! 떠나가는 남자의 말을 믿지 말라고 경고한다. 앞에서는 눈물을 보이고 슬픈 표정을 짓지만 여자의 시야를 벗어나면 그 모습이 아니라고 말한다. 한마디로 속임수라는 것이다. 사랑했었다는 말도 하지 말라. 이럴 때 사극에서 자주 나오는 레퍼토리, "그 입 다물라"라는 대사가 딱 어울린다. 그런 남자인줄 모르고 눈물로 하염없이 기다리는 항구와 같은 여인, 여자들이여 어리석게 살지 말라고 이 노래의 화자는 충고한다.

바로 이런 남자와 여자의 마음을 잘 담아낸 고려 시대의 노래로 〈서경별곡〉이 있다.

서경西京이 서경이 서울이지마는

중수重修한 곳인 소성경小城京(서경)을 사랑합니다만,

(임과) 이별하기보다는 차라리
길쌈하던 베를 버리고서라도
저를 사랑해 주신다면 울면서 따라가겠습니다.

구슬이 바위에 떨어진들
끈이야 끊어지겠습니까?
임과 떨어져 홀로 천년을 살아간들
임을 사랑하고 있는 마음이야 끊어지겠습니까?

대동강이 넓은 줄을 몰라서
배를 내어놓았느냐? 사공아.
네 아내가 음탕한 짓을 하는 줄도 모르고
떠나는 배에 (내 임을) 태웠느냐? 사공아.
(나의 임은) 대동강 건너편 꽃을
배를 타면 꺾을 것입니다.

〈서경별곡〉에서 임은 여성 화자가 울면서 붙잡는데도("저를 사랑
해 주신다면 울면서 따라가겠습니다") 이를 뿌리치고 떠나려 한다거
나, 자신과 헤어진 뒤 곧바로 다른 여성과 새로운 관계를 맺을 수도
있는("대동강 건너편 꽃을 배를 타면 꺾을 것입니다") 사람이다. 이에
반해 여성 화자는 임과 헤어지는 것보다는 자기 삶의 터전까지 버리
겠다("임과 이별하기보다는 차라리 길쌈하던 베를 버리고서라도")고 선

언하면서 자신을 사랑만 해준다면 어느 곳이든 울면서라도 좇아가 겠다는 자세. 일명 '구슬사'[3]로 불리는 2연에서 끈과 믿음의 이야기로 자신과 임과의 관계는 어떤 상황이 오더라도 변하지 않을 것이라고 다짐까지 했던 화자다.

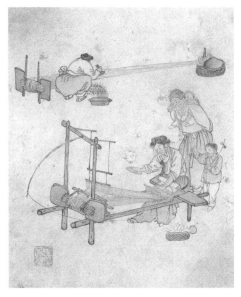

김홍도, 〈길쌈〉(출처: 국립중앙박물관 소장)

---

3) 〈서경별곡〉의 2연은 〈정석가〉 6연에도 등장한다. 고려 시대의 민요가 고려 궁중 악으로 편입되면서 두 노래에 삽입되었을 것으로 추정한다. 이 노래가 "구슬이" 로 처음 시작하기에 이를 '구슬사'라고 지칭한다.

그런데 3연에서 들리는 화자의 목소리는 떠나는 임에 대한 원망이 간접적으로 느껴진다. 뱃사공은 배를 매개로 강을 건너가게 하는 역할을 한다. 화자의 입장에서 배는 사랑하는 임을 떠나가게 하는 도구이고, 이 도구를 움직이는 사람은 뱃사공이다. 화자는 뱃사공을 자신과 임을 분리하는 존재라고 인식한다. 사공이 대동강에 배를 내어놓았더라도 임을 태우지 않았으면 별일이 없었을 터인데, 사공이 임을 그 배에 태웠기 때문에 결국 이별하게 되었다고 생각한다. 그래서 화자는 임에게는 한마디 원망도 못 하면서도 뱃사공에만 화풀이를 한 것이다. 이를 심리학에서는 "투사投射"[4]라고 한다. 임이 떠나는 근본 원인은 뱃사공 때문이 아님을 화자 자신도 알고 있다. 그런데 떠나는 임에게는 〈가시리〉의 화자처럼 아무런 말도 못 한다. 떠나가는 임에 대한 원망보다 임을 태우고 떠나는 뱃사공에게 임에 대한 서운함과 함께 원망이 나타날 뿐이다. 차라리 배가 없었더라면 임의 의사와 상관없이 아예 갈 수가 없었을 텐데 임이 떠나는 것은 뱃사공 때문이라고 미련을 대고 있는 것이다. 동쪽에서 뺨 맞고 서쪽에다 화풀이하는 격이다. 또한 강만 건너면 임은 반드시 꽃을 꺾을 것으로 생각하는 것 자체가 화자 자신은

---

4) 투사란 자신의 성격, 감정, 행동 따위를 스스로 납득할 수 없거나 만족할 수 없는 욕구를 가지고 있을 때 그것을 다른 것의 탓으로 돌림으로써 자신은 그렇지 아니하다고 생각하는 일. 또는 그런 방어 기제를 말한다. 자신을 정당화하는 무의식적인 마음의 작용을 이른다.

임에게 이미 '꺾인 꽃'이라는 것과 그 임은 새로운 곳에만 가면 자신의 경우처럼 또 다른 인연을 맺을 것이라고 확신하고 있다.

이처럼 〈서경별곡〉의 화자는 임에게 떠나지 말라고 울며 매달려 보지만 그런 노력 또한 허사다. '구슬사'를 통해 믿음을 이야기해 보지만, 그 어떤 설득도 아랑곳하지 않고 대동강을 건너가는 임은 화자의 마음과 달리 일방적으로 이별을 통보한다. 그런 임에게 직접적으로 원망의 소리도 하지 못하며 그 원인을 뱃사공에게 돌리는 화자의 태도에서 사랑에 갈급한 화자의 모습만 보일 뿐이다. 우리는 2연의 '구슬사'에서 간과해서는 안 되는 사실이 있다. 그것은 '끈과 믿음'을 강조하는 듯 보이지만, 실제로는 구슬이 없는 끈과 임과 천년을 떨어져 혼자 지내면서 지니고 있는 신의信義가 얼마나 가치가 있을 것인가 하는 의문이다. 믿음이란 임과 쌍방 간에 발생하는 것이지 상대방이 전혀 관심이 없는 상황에서 믿음이란 공허한 소리요, 임의 뜻과 상관없는 나의 일방적인 고집과 집착일 뿐이다. '구슬사'는 그런 구두탄에 불과한 언사라 할 수 있다. 그러기에 〈서경별곡〉의 화자는 3연에서 곧바로 임의 도강渡江을 앞두고 뱃사공을 원망하며 강만 건너면 임은 새로운 사람과 인연을 맺을 것이라는 진술을 했던 것이다. '구슬사'는 고려가요 〈정석가〉의 6연에도 동일하게 등장한다. 고려가요에 '구슬사'가 두 노래에 삽입되었다는 사실은 이런 언어유희에 불과한 노랫말이 고려조에 상당히 유행했던 것임을 짐작하게 한다.

그런데 〈서경별곡〉 3연에서 보았던 화자와 임의 이별은 사공이 배를 강물에 내어 놓은 것과 임을 배에 태운 행위로 발생하였다. 이러한 맥락에서 '배'는 '이별의 매개체'가 된 셈이다. 앞서 심수봉의 〈남자는 배, 여자는 항구〉라는 노랫말에서 떠나는 대상으로서 남자를 '배'로 인식한 것과는 약간 결이 다르다. 이처럼 '배'를 매개로 한 이별의 상황을 나타낸 현대 작품으로 〈떠나가는 배〉가 있다. 이는 양중해 시인의 작품을 변훈이 곡을 붙여 우리에게 가곡 〈떠나가는 배〉로 많이 알려진 작품이다.

저 푸른 물결 외치는
거센 바다로 떠나는 배
내 영원히 잊지 못할
임 실은 저 배는
야속하리
날 바닷가에 홀로 버리고
기어이 가고야 마느냐
… (후략) …

- 양중해 작사·변훈 작곡, 〈떠나가는 배〉

이 작품은 임을 싣고 바다로 떠나는 배와 바닷가에 홀로 남겨진 화자의 처지를 노래하면서 임과의 이별과 그로 인한 외로움을 표현하고 있다. "내 영원히 잊지 못할 임 실은 저 배는 야속하리"라는 구절에는 "배"를 원망하는 화자의 심정이 "야속하리"라는 표현에 드러나고 있다. 이는 이별의 탓을 배에 돌리고자 하는 발상으로 〈서경별곡〉의 화자가 임과의 이별의 탓을 사공에게 돌리고 있는 것과 유사하다.[5]

이 작품을 창작한 양중해 시인은 한 일간지에서 "1950년 휴전 무렵 유부남이던 목월이 젊은 여자와 피란 겸 사랑의 도피를 위해 제주에 왔으나 끝내 이별하게 됐으며, 제주 부두에서 두 사람의 이별 장면을 시로 옮긴 게 바로 '떠나가는 배'"[6]라고 말했다. 서른 여덟 나이의 유부남 박목월朴木月(1915~1978) 시인을 흠모하던 여대생이 있었다. 그녀의 구애에 자책하던 목월은 어떻게든 그녀의 마음을 단념케 하려고 했지만 여의치 않았다고 한다. 결국 두 사람은 제주도에서 함께 생활하게 되었는데, 겨울 한복을 지어 제주로 찾아간 부인 유익순 여사의 인품에 목월이 반성하고 그가 서울로 돌아가면서 두 사람의 사랑도 끝이 났다고 한다. "제주읍에서는 / 어디로 가나, 등 뒤에 / 수평선이 걸린다"로 시작하는 목월의 작품 〈배경〉에는 둘만의 운명적인 사랑이 드러나 있다. 그런데,

---

5) 임재욱, 「〈서경별곡〉 '강-배' 비유의 현대적 계승과 변용」, 『한국시가연구』 48, 한국시가학회, 2019, 7쪽.

6) 양중해, 〈내 마음의 노래〉, 『서울신문』, 2004.04.21.

목월이 잠시 제주에 머물 때 시와 술을 나누며 친분을 나눴던 양중해 시인에 의해 목월의 이별 장면이 〈떠나가는 배〉라는 작품으로 탄생되었다. 떠나는 임이 원망스럽지만, 화자는 그 임보다는 임을 실은 '배'가 야속하다고 한다. 가수 남진이 부른 〈가슴 아프게〉도 이런 류의 내용이 담겨있다.

당신과 나 사이에 저 바다가 없었다면
쓰라린 이별만은 없었을 것을
해 저문 부두에서 떠나가는 연락선을
가슴 아프게 가슴 아프게
바라보지 않았으리
갈매기도 내 마음같이 목메어 운다

당신과 나 사이에 연락선이 없었다면
날 두고 떠나지는 않았을 것을
아득히 바다 멀리 떠나가는 연락선을
가슴 아프게 가슴 아프게
바라보지 않았으리
갈매기도 내 마음같이 목메어 운다

- 정두수 작사·박춘석 작곡, 〈가슴 아프게〉 (1967)

이 노래에도 임과의 이별 원인은 '바다'이고 '연락선' 때문이라고 한다. 노랫말 속의 화자는 바다와 연락선만 없었다면 임과 헤어질 일이 없었을 것이고, 떠나는 임을 가슴 아프게 바라볼 일도 없었을 것이라고 한다. 그런데 두 사람의 이별이 바다와 연락선 때문일까? 이미 마음이 떠나가 버린 임인데, 화자의 입으로는 차마 그것을 발설할 수는 없는 일이다. 그래서 한사코 바다 때문이고, 배 때문이라고 우기고 있는 것이다. 그런 자신을 돌아보니 속절없이 서러운 울음만 나올 뿐이다. 〈서경별곡〉의 화자가 뱃사공에게 화풀이를 하는 것도 동일한 맥락이다. 뱃사공은 배에 탄 탑승자를 안전하게 옮겨주는 자신의 역할에 충실했을 뿐인데, 비난과 원망의 대상이 된다. 그런데 적어도 연인 사이에 이별이 사라지기 전까지는 그런 원망을 받는 것이 뱃사공의 운명일지도 모른다. 사랑하는 상대에게 직접적인 표현이 어려운 상황에서 그것을 해소할 수 있는 매개체가 필요한 것이다. 그렇다고 실상 그 매개체에게 문제가 있는 것은 아니다. 다만 임 대신 나의 슬픔과 고통을 트집 잡을 대상이 필요할 따름이다. 그래야만 현재의 상황이 나와 임의 문제가 아닌 그의 문제로 돌릴 수 있기 때문이다. 다시 말해 사랑하는 임과의 이별은 나와 임의 문제가 아니라 배를 움직이는 뱃사공, 바다, 연락선 때문인 것이다.

〈서경별곡〉의 창작 배경과 정치적 해석

〈서경별곡〉의 배경이 되는 공간은 노래 제목에서나 작품 내용 중에 1연의 '서경西京이 서경이 서울이지마는'이나 '중수重修한 곳인 소성경小城京(서경)을 사랑합니다만'이라고 하는 화자의 진술과 '대동강大同江이 넓은 줄을 몰라서 배를 내어놓았느냐? 사공아'로 시작되는 3연에 나오는 대동강이 서경을 끼고 흐르는 강이란 점에서 '서경'으로 짐작된다.

그러므로 이 노래의 공간적 배경은 서경과 불가분의 관계에 있다. 이는 여타 고려가요의 작품들과 달리 이 노래를 서경이라는 공간적인 의미와 연결하여 해석할 근거를 보여주는 증거가 된다. 노래에서 작중 화자는 서경에 있는 사람이고 임은 '저를 사랑해 주신다면 울면서 따라가겠습니다'라며 자신의 심정을 호소하는 화자를 남겨두고 서경을 떠나려는 형국이다. 이런 장면을 두고 대다수의 연구는 임을 따르려는 화자가 여성이라는 전제 아래 이 노래의 의미를 남녀 간 이별의 정한情恨으로 한정한다. 하지만 나는 〈서경별곡〉의 화자가 여성이지만 이 노래를 창작한 작가나 혹은 작가층은 여성의 목소리를 차용한 남성일 가능성으로 볼 때, 이 노래는 '남녀상열지사'라는 차원을 넘어 '현재 상황에서 예전 관계로의 전환을 호소'하는 것으로 이해할 수 있다고 생각한다. 이를 위해 역사적 사료를 통해 정황을 찾아 그 의미를 살피려고 한다.

평양은 고조선과 한사군, 고구려가 멸망하기까지 정치세력의 중심지로서 또는 수도로서 유서 깊은 도시이다. 고려조에 평양은 서경西京, 서도西都, 호경鎬京 등으로 불렸는데 『신증동국여지승람』에 서경의 유래를 다음과 같이 전한다.

평양平壤(단군조선, 고구려~) → 서경(고려 태조3,4년; 920,921년) → 서도西都(광종 11년; 960년)→서경(성종14년; 995년)→ 호경鎬京(목종원년; 998) → 서경(문종16년; 1062년) → 평양平壤(공민왕; 1360년경)

　지금까지 대부분의 연구는 "임과 이별하기보다는 차라리 길쌈하던 베를 버리고서라도"에서 '길쌈'을 주목하고, 길쌈을 하는 사람은 여성이라는 데 착안하여 이 노래의 화자를 '여성'으로 규정지었다. 따라서 이 노래는 떠나는 남성에게 자신을 사랑해달라고 간청하며, 울면서 매달리는 여성의 심적 태도를 매우 현실적으로 그렸다고 평가한다. 또한 화자가 길쌈을 버리겠다는 행위를 두고, 길쌈은 화자의 생업이나 생업의 터전을 상징적으로 일컫는다고 의미를 부여하고 있다. 곧 길쌈이 여성에게 불가분의 관계라는 점을 들어 소중한 것을 포기하면서까지 임을 따라가려는 적극적인 여성상을 보이고 있노라는 해석이다. 그러나 이러한 해석은 '임'과 '길쌈'을 동일 선상에서 등가적으로 비교하여 길쌈의 의미를 과장되게 평가한 측면이 없지 않다. 화자가 길쌈을 버린다는 것이 그처럼 중요하게 인식되려면 길쌈에 대한 또 다른 의미가 부여되어야 한다. 즉, 현재의 길쌈을 포기하는 데는 자신의 생명과도 바꿀 수 있을 만큼 소중한 것을 잃게 되는 내용이 전제되든지 아니면 길쌈을 하는 행위가 서경만으로 제한되어야 한다는 점이다. 말하자면 서경이 '길쌈 특구 지역'으로 지정되어 서경 이외에는 길쌈을 하기가 어려운 상황이어야 한다. 그러나 실제로 고려 시대 여성들은 신분과 계층고하를 막론하고 길쌈을 손에서 놓을 수 없었다. 당시 여성들의 묘지명을 살펴보면 새벽부터 밤늦도록 길쌈과 누에치기, 바느질에 힘썼다는 기사가 등장한다.

따라서 〈서경별곡〉에서의 화자가 길쌈베를 버리고 따라가겠다는 고백은 크게 의미를 부여할 만한 성질이 못 된다. 길쌈이란 고려조 여성들에게는 어느 곳에서나 하게 되는 일반적인 노동이기 때문이다. 그럼에도 불구하고 노랫말에 화자의 이런 표현법이 보이는 것은 길쌈이 여성에게 아주 소중한 일이라는 일반적인 생각을 창작자가 시 속에 투영하여 사랑하는 임과 길쌈을 동격으로 인식하도록 표현한 것으로 볼 수 있다. 이로써 오히려 노래의 창작자가 갖고 있는 여성에 대한 피상적인 인식을 문면에 노출했다고 보는 것이 합리적인 판단이다. 그러므로 임과 헤어지기보다는 길쌈을 버리면서까지 임을 따르겠다는 표현은 실제로 한 여인의 상황을 이야기하는 것이 아니라 오히려 여성 화자를 통해 자신의 뜻을 표명하고자 한 것이라 할 수 있다. 말하자면 '길쌈=여성'이라고 인식하는 일반 독자나 향유층에게 여성의 목소리임을 강조하기 위한 방법이지, 실제로는 여성 화자의 목소리를 차용한 남성의 생각을 표현한 것으로 판단된다. 바로 이런 사실은 역대 국왕들의 서경 경영과 관련하여, 서경 세력들이 국왕에 대한 자신들의 생각을 〈서경별곡〉이라는 형식을 빌려서 표출한 것이라고 볼 수 있는 근거가 된다.

그렇다면 이 노래가 말하는 전체적인 흐름은 '남녀상열지사'라는 의미를 넘어 '자신이 겪게 되는 현재 상황을 예전 관계로의 전환을 호소'하는 것으로 이해할 수 있다. 따라서 이 노래는 호소자가 서경 세력들이라고 가정했을 때, 국왕에게 자신의 입장을 표명하는 작품이다. 이런 상황을 서경 지역과 관련하여 역사적인 자료에서 찾아본다면 이 노래의 창작 배경을 짐작할 수 있다. 구체적인 시기는 국왕이 처음에는 서경에 대해 특별한 계획을 세웠거나 그에 버금할 만큼 애정을 품고 있다가 어떤 사건을 계기로 서경을 경원시敬遠視하거나 또는 배타적排他的으로 그 태도를 전환한 경우로 한정할 수 있겠다. 이런 사실과 부합하는 국왕이 고려조의 제17대 인종仁宗(재위 1122~1146)이다.

당시 서경은 어떤 모습이었을까? 〈서경별곡〉에서도 "서경西京이 서경이 서울이지마는 중수重修한 곳인 소성경小城京(서경)을 사랑합니다만"이라고 한 것으로 보아, 서경은 새로 닦은 신도시였음을 알 수 있다. 서경은 태조 왕건 때부터 중요하게 여기던 지역이다. 역대 국왕들은 서경에 대해 비상한 관심을 표명하였다. 문종이 서경에 좌우 궁궐을 지었는가 하면, 예종은 원년 (1106)에 용언궁을 창건하려 했고 11년(1116)에는 서경의 분사제도를 확립시 켰다. 인종의 경우, 5년(1127)에 서경에서 '유신지교維新之敎'를 반포한 이후 어느 때보다도 서경을 빈번하게 행차해서 서경에 대한 관심이 대단하였다.

인종 당시 서경의 정황을 묘청의 서경 천도 주장에 힘을 보탰던 정지상鄭 知常(?~1135)은 〈서도西都〉라는 제하題下의 시에 아래와 같이 묘사하고 있다.

남쪽 길 실바람에 보슬비 내린 뒤
가벼운 티끌조차 일지 않고 버들 그늘 비껴있네
푸른 창 붉은 문에서 울리는 노래 연주
이 모두가 이원제자의 집이라네

서경은 깨끗하게 단장된 도시로서 "버들 그늘 비껴있네"라는 표현으로 보아 풍류의 고장임을 말해준다. 대궐 같은 집에 풍악이 끊이지 않는데,

노랫소리가 흘러나오는 곳은 기생집이 즐비하게 된 이원제자梨園弟子[7]의 집이라고 한다. '이원제자'는 이원에서 기거하는 기녀, 무예와 기예인들을 말하는데 개경 귀족들을 맞이하기 위해 준비된 서경 사람들을 일컫는다. 이 시에서 정지상은 서경을 두 모습으로 그리고 있다. 겉으로는 깨끗한 도시이지만 서경을 찾는 개경인들의 여흥을 위한 기생집들의 모습에서 서경 지역의 한계성을 드러냈다. 곧 이 시는 서경이 고려조의 주도적인 중심지가 아니라 개경의 부차적인 도시로 인식하는 서경인들의 한계 의식을 보여주고 있다. 따라서 서경 사람으로서 서경에 대해 누구보다도 자부심이 강했던 정지상이 서경 세력이 주도적으로 정국을 운영하려면 서경 천도가 불가피하다는 사실을 동료들에게 역설한 것도 서경에 대한 한계를 인식한 결과로 보인다.

> 비 갠 긴 둑에 풀빛은 짙은데
> 남포에서 그대를 보내니 슬픈 노래 나오네
> 대동강 물은 언제나 마르려나
> 해마다 이별의 눈물 푸른 물에 보태는 것을

서경 세력으로서 자의식이 충만했던 정지상에게 포착된 대동강변의 풍경은 생동하는 자연의 조화로움보다는 친구, 혹은 이성이나 가족들과 헤어질 수밖에 없는 서경인들에 대한 애틋한 정한이 묻어난다. 그 원인이야 천차만별이겠지만 서경을 떠날 수밖에 없는 불가피한 사정들이 안타깝게 느껴졌을 것이다. 『고려사』〈묘청전〉에 따르면 "상경上京(개경)은 기운이

---

7) 당나라 현종이 이원梨園에 악부를 설치하고 남녀를 모아 속악을 가르쳤는데 이들 남녀를 지칭하여 배우俳優라고 부른다.

이미 쇠하고 궁궐이 다 타 없어졌으나 서경에는 왕기王氣가 있으니 왕은 마땅히 이곳으로 옮겨 상경으로 삼아야 한다"고 주장하며 궁궐을 세워 왕이 옮겨오면 천하를 병탄하여 금나라가 스스로 항복하고 36국이 모두 신하가 된다고 하였다. 인종은 이런 주장을 따라 서경에 신궁新宮을 짓도록 하고, 신궁이 완성되자 서경에 행차하였으며 수도를 서경으로 옮길 계획을 하고 있었다. 그런데 국왕은 김부식金富軾(1075~1151) 등의 "이번 여름에 건룡전乾龍殿에 천둥과 벼락이 떨어졌으니 이는 길조가 아닌데 '벼락 친' 그곳에서 재앙을 피한다는 것은 또한 잘못된 것이 아니겠습니까. 하물며 지금 가을철 수확이 아직 거두어지지 않았는데, 임금님의 수레가 만약 출행한다면 반드시 벼를 밟게 될 것이니 백성을 사랑하고 물건을 아끼는 뜻이 아닙니다"(『고려사절요』 권 10, 인종 12년 9월)라는 천도 반대 요구를 수용하여 서경에 대한 생각을 바꾸게 되었다. 개경파의 반대로 서경 천도가 이루어지지 않자, 묘청은 인종 13년(1135) 서경에서 정변을 일으킨다. 이에 김부식을 비롯한 개경 세력에 의해 반란은 진압된 뒤, 서경에 대한 국왕의 정책은 묘청의 난 이전의 상황과는 전혀 다른 방향으로 전개된다. 이 점이 〈서경별곡〉을 이해하는 데 중요한 사항이다. 의종 22년(1168) 3월에야 왕이 서경에 거동하여 "부흥왕화復興王化"하려고 한 것을 보면, 인종 13년(1135)부터 무려 33년의 세월 동안 서경은 국왕으로부터 차별 대우를 받은 것을 의미한다.

묘청의 난 이후 서경 사람들에 의해 벌어진 크고 작은 정변[8]이 서경 세력들의 국왕 또는 개경 세력에 대한 불만을 표출한 것이라면 〈서경별곡〉이 서경이라는 특별한 지역적 의미가 있다고 볼 때, 서경 세력들의 문화적 대응의 한 방법이라고 여겨진다. 더욱이 고려속요가 태악서나 관현방의 관리들이 민간의 가요를 채집하거나 귀족 사대부들의 민요채집을 통하여 궁중에서 향유되던 장르라는 점을 상기할 때, 〈서경별곡〉을 통한 자신들의 의사표시는 무엇보다도 국왕에게 직접 전달할 수 있는 수단이 되었으리라고 짐작된다.

표면적으로 보아서는 남녀 사이 이별의 정한을 노래하는 것처럼 보이지만 이면에 감춰진 서경 사람들의 내면을 담아 궁궐로 쉽게 전입될 수 있었을 것이다. 궁중에서 국왕을 비롯한 신료들이 이 노래를 듣고 단순히 남녀 간의 애정에 관한 노래로 치부할 수도 있지만, 서경 사람들의 애환을 담은 노래로 복기할 수 있는 가능성도 없지 않을 것이다.

만약 이 노래가 서경 사람들의 마음을 담고 있다는 사실을 국왕이 알고 있었다면 〈서경별곡〉은 개경파에게 주의를 환기할 계기가 되고, 왕권 강화의 구실로도 작용하였을 것이라 짐작된다. 다만 후대의 기록에는 이러한 창작 의도와 달리 '남녀상열지사'로만 인식되어 불린 것으로 보인다.

■ 출처: 이정선, 「〈西京別曲〉의 창작 배경을 통해 본 新 해석」, (『한국시가연구』 27, 한국시가학회, 2009)에서 발췌, 『고려 시대의 삶과 노래』(보고사, 2016) 재수록.

8) 묘청의 난 이후 명종 4년(1174)에 서경을 거점으로 한 조위총의 거병은 명종 6년에야 진압할 만큼 개경 세력에 큰 위협이 되었다. 이 사건으로 서경은 묘청의 난 이후 제재된 중앙정부의 방침에 따라 경제적 기반이 완전히 무력하게 되고 독립성을 상실하였다. 또한 고종 20년(1233)에 서경 출신의 낭장郎將인 필현보와 홍복원이 서경에서 반란을 일으켜 진압당한 뒤 고종 39년까지 서경은 황폐한 채로 방치되었다. 이런 사건을 통해 볼 때 서경 세력들의 정부에 대한 자신들의 주장은 지속되었다고 보인다. 묘청의 난 평정 뒤에 이어진 서경에 대한 국왕의 태도는 상당히 단호하였고, 서경 천도로의 꿈이 순식간에 물거품이 되는 형국은 서경 세력들에게 자못 충격을 주었으리라 짐작된다.

그건 오해야! 정말 오해야!
〈정과정鄭瓜亭〉

　'발 없는 말이 천 리 간다'라는 속담이 있다. 말은 비록 발이 없지만 천 리 밖까지도 순식간에 퍼진다는 뜻으로 말을 삼가야 하며 소문을 경계해야 함을 비유적으로 일컫는 것이라 할 수 있다. 그런데 우리는 SNS나 메신저, 인터넷 등 각종 미디어를 통해 퍼져 나간 소문이 때론 누군가의 삶을 빼앗아버리기까지 하는 장면을 적지 않게 보게 된다. 특히 악의가 담긴 소문은 빨리 퍼지고 사람들의 입방아에 많이 오르내릴수록 말은 더 보태어져서 실제의 진실이 변용되고 와전된다는 사실이다. 그럼에도 불구하고 사람들이 소문에 귀를 기울이며 살아가는 이유는 자기 자신이 소문의 소비자이면서 동시에 생산자이기 때문이다. 이처럼 누구든지 소문의 대상자로서든 소문의 수신자나 전달자로서든 소문과 관련될 수 있다. 따라서 이러한 소문은 타자의 존재 없이는 성립하지 못하고 타자의 개입이나 참여 속에서 이루어진다는 점에서 사회적 구성물이라 할 수 있다. 소문에 관한 이야기는 고전 문학작품 속에 적지 않게 등장한다. 신라가요인 〈서동요〉에서 서동은 '서동요'라는 노래를 널리 퍼트려 자신의 목적을 이룬다. 사설시조에는

"왼놈이 왼말을 하여도 임이 짐작하소서"라는 구절이 일종의 공식 구로 굳어 있을 정도로 유형화를 이루며 소문의 부당성과 진실을 호소하고 있다. 바로 이런 소문 때문에 벌어지는 이야기가 있다. 〈정과정〉이다.

> 내가 임을 그리며 울고 지내니
> 산 접동새와 난 (처지가) 비슷합니다.
> (나에 대한 말은 진실이) 아니며 거짓이라는 것을. 아!
> 지는 달 새벽별만이 아실 것입니다.
> 넋이라도 임은 나와 함께 살겠다고 했습니다. 아아!
> (이 약속을) 어기던 사람이 누구입니까?
> (나는) 잘못도 허물도 전혀 없습니다.
> (모두 다) 뭇사람들의 모함입니다.
> 슬픈 일입니다. 아아!
> 임이 나를 벌써 잊으셨습니까.
> 아아, 임이여! (마음을) 돌려 (내 말을) 들으시어 사랑해 주소서.

〈정과정〉에서 화자는 서두부터 임이 그리워 견딜 수 없다고 한다. 그 마음은 매일 울면서 탄식하는 행동으로 나타난다. 그러면서 3~4행을 통해 자신의 결백을 주장한다. 이때 3행은 화자 자신에 대해 외부에서 들리는 소문임을 말해준다. 화자는 나에 대한 말은

진실이 아니며 거짓인 것을 지는 달과 새벽별(잔월효성殘月曉星)만
이 알고 있다고 고백한다. 두 행에서 화자는 자신의 행동에는 조금
도 잘못이 없으며 자신은 임에 대한 연모로 가득 차 있는데, 임은
이러한 진실을 모르고 곡해하고 있다고 항변한다. 3행의 '아니다,
거짓이다'라는 짧은 말로는 무엇이 그렇다는 것인지 명확하게 알
수는 없다. 다만 화자가 4행에서 잔월효성이 자신의 행위 또는 자
신의 진실함을 알고 있다고 주장한 것으로 미루어 화자는 자신에
게 덧씌워진 소문이 거짓이며 자신은 억울하다고 임에게 호소하고
있음을 알 수 있다. 이런 상황을 접해본 사람이라면 〈정과정〉 속
화자의 마음을 충분히 이해할 수 있을 것이다. 자신은 억울하기
짝이 없는 노릇이기 때문이다. 그래서 옛사람들은 소문에 주의할
것을 다음의 작품처럼 시조로 만들어 스스로를 경계하였을 것으로
보인다.

말하기 좋다 하고 남의 말을 말 것이
남의 말 내가 하면 남도 내 말 하는 것이
말로써 말이 많으니 말 말까 하노라.

조선 영조 때 김천택金天澤(?~?)이 편찬한 『청구영언』에 나오는
작품이다. '말'이라는 단어는 '언어'라는 뜻과 하지 말라는 '금지'를

뜻하는 어휘로 사용한다. 시조를 창작한 작가는 이런 단어가 갖는 이중적인 의미를 활용하여, 남의 이야기를 옮기지 말라고 당부한다. 우리는 주변에서 "너에게만 알려줄게, 비밀이야" 하는 말로 마치 자신만이 아는 정보인데 특별하게 너에게만 알려준다며 자신의 귀에 속삭이던 것을 겪었거나 그런 행위를 목격했을 것이다. 그런데 놀랍게도 누군가에게 이런 식으로 전해 들은 사람은 '비밀'이라는 말과 함께 그의 느낌과 상상을 더하여 다른 사람에게 전달하려는 욕망이 생기게 된다. 위 시조는 '말이 말을 낳는다. 말을 멈춰야 한다. 남의 말을 내가 한다면 남도 똑같이 내 말을 한다는 것쯤은 알고 있으니 남의 말을 해서는 안 된다'라고 한다. 너무도 평범한 말속에 깊은 뜻을 함축하고 있다. 그래서 나는 수업 시간이면 이 시조를 학생들에게 알려주고 암송하라고 한다. 이를 통해 내 자신도 다시 한번 말의 위험성을 경계하고자 함이다.

다시 〈정과정〉으로 돌아가 보자. 그런데 〈정과정〉은 예例의 고려가요와 달리 작가가 분명하고 창작 배경도 상세히 기록된 작품이다. 『악학궤범』에 '삼진작'으로, 『대학후보』에 '진작'이란 이름으로 전해지고 있고, 익재益齋 이제현李齊賢(1287~1367)의 「소악부」에 한역시漢譯詩로, 『고려사』「속악」과 『동국통감』에 이 노래와 관련된 기록이 남아있기 때문이다.

①

"정과정鄭瓜亭은 내시랑중 정서鄭敍가 지은 것이다. 서敍는 과정瓜亭이라 자호
했고, 외척과 혼인을 맺어 인종仁宗의 총애를 받았다. 의종毅宗이 즉위하자
그의 고향인 동래東萊로 돌려보내면서 이르기를 "오늘 가게 된 것은 조정의
의논에 몰려서이다. 오래지 않아 소환召還하게 될 것이다." 서는 동래에 오래
머물러 있었으나 소환 명령이 오지 않았다. 그래서 거문고를 잡고 이 노래를
불렀는데, 가사가 극히 처완悽惋하였다."

　　　　　　　　　　　　　　　　　　　　－ 『고려사』, 「속악」, 〈정과정〉

②

"인종은 원자가 (왕위를 계승하는) 부담을 이기지 못할 것이라 염려하였고
왕후 임씨 역시 둘째 아들을 사랑하여 장차 태자로 세우려 하였으나, 정습명
이 마음을 다하여 보호하였으므로 폐위되지 않았다."

　　　　　　　　　　　　　　　　　　　－ 『고려사』, 「열전」, 〈정습명〉

③

"(정항의) 아들은 서敍이니 …(중략)… 대령후大寧侯 경暻과 교결交結하여
항상 함께 놀고 희롱하므로 정함·김존중 등이 서의 죄를 거짓 얽어서 아뢰어
의종이 의심하던 차에 대간臺諫이 정서가 가만히 종실宗室을 결탁하여 밤에
모아 주연을 한다고 탄핵하므로 이에 동래東萊에 귀양 보냈다는 말이 대령후
전에 있다."

　　　　　　　　　　　　　　　　　　　　－ 『고려사』, 「열전」, 〈정항〉

④

"재상宰相 최유청, 문공원, 유필 등이 간관諫官 최자영, 왕식, 김영부, 박유 등을 인솔하고 합문에 엎드려 청하기를 "정서가 대령후와 사귐을 맺어 집으로 청해서 잔치를 벌여 즐기며 놀이하고 또 정함은 사사로운 감정으로 대간을 모함하니 그 죄를 용서할 수 없습니다" 하였다."

- 『고려사절요』, 의종 5년(1151) 윤閏 4월

위의 기록된 자료를 통해 재구성해 보면, 임(의종毅宗, 재위 1146~1170)은 정서를 동래로 귀양 보내면서도 이는 자신의 뜻과는 상관없는 '조정의 의논' 때문이고 '오래지 않아' 다시 부를 것임을 밝히고 있다.(①) 그러나 그가 유배에서 풀린 것은 20년이라는 긴 세월이 지난 뒤 정중부鄭仲夫(1106~1179)의 반란 직후 명종明宗(재위 1170~1197) 초에 이루어졌다는 사실을 보면 정서를 유배 보낸 이유가 앞서 의종이 말했던 '조정의 의논'만이 아님을 알 수 있다. 정서의 생몰연대는 정확하지 않지만, 그가 인종仁宗과 동서同壻 간이며 명종 때 귀양 생활에서 풀려난 것으로 보아 예종睿宗(재위 1105~1122)에서 명종 연간의 인물로 추정된다. 의종은 『고려사』 및 『고려사절요』의 도처에 산견되는 사신史臣의 혹평과 재위 24년간의 행적을 더듬어 볼 때, 치적이라고는 찾아볼 수 없고 정습명鄭襲明(?~1151) 등 충간하는 신하들을 멀리하였다. 주로 간신이나 환관, 내시 등의 참언에 놀아나는가 하면, 황음 방종하여 놀이에 빠져 정중부에 의

해 왕위에서 쫓겨나 귀양, 시해되는 운명을 자초한 인물이다. 특히
부친인 인종은 장자인 현晛(후에 '의종')을 처음에 태자로 삼으려 했
으나 차자인 대령후 경暻이 덕망이 있고 도량이 넓어 왕비(공후태후
恭睿太后)와 함께 차자를 장자보다 더 사랑하여 태자로 책봉하려고
했다. 그러나 정습명이 극간하여 태자를 폐위하지 못하고 장자가
보위를 잇게 되었다.(②) 이를 통해 볼 때 의종의 등극은 형제간의
시기와 불화의 씨를 처음부터 안고 있는 셈이다. 정서는 인종과
동서 사이이니 왕비와 정서의 부인은 자매이고, 인종의 아들 의종
에게는 이모부가 된다. 그런데 정서는 왕이 꺼리는 대령후와 가까
이 지냈으므로(③, ④) 정서가 유배를 가게 된 것은 조정의 논의가
없었더라도 시기가 문제였지 언젠가는 내쳐질 수 있는 상황이었다.
이런 당대의 정황을 고려하면서 〈정과정〉을 읽게 되면 정서와 임으
로 대변되는 의종의 심정을 쉽게 알 수 있다.

〈정과정〉에 등장하는 소문은 3행의 화자의 진술에서 알 수 있다.
4행에서 잔월효성도 자신의 결백을 알고 있듯이 소문에 대한 화자
의 태도는 단호하다. 여기에서 한 걸음 더 나아가 화자는 5~6행을
통해 지난날 자신과 함께 한 약조를 어긴 사람이 누구였는가를 물으
며 7행에선 "잘못도 허물"도 없다고 거듭 주장한다. 8행의 '(모두
다) 뭇사람들의 모함입니다'는 3행의 소문(참언)에 대한 부정을 거
듭 강조한 것이다. 9행의 '슬픈 일입니다. 아아!'는 5~6행에서 약속
을 어기고 자신을 사랑해 주지 않은 임에 대한 섭섭한 마음이나,

또는 3행의 조작된 소문(참언)을 그대로 믿고 있는 임에 대한 서운한 마음의 토로라 할 수 있다. 그러면서도 지난날 임이 화자에게 했던 말을 상기하면서, 다시금 자신을 돌아보고 사랑해 달라는 호소를 하는 것이 10~11행의 내용이다. 외부로부터 자신에게 가해진 소문을 접한 화자는 이에 대해 적극적인 부인과 자신의 결백을 호소한다. 소문을 그대로 믿고 자신을 신뢰하지 않는 임에 대한 아쉬움과 함께 지난날 자신에게 한 '약속을 어긴 임에 대한 서운함, 억울함에서 우러나오는 슬픔과 자신을 잊고 있는 임에 대한 원망 등 온통 애통한 사설'을 쏟아낸다.

　사료를 배제한 채 〈정과정〉을 살펴보면 이 작품의 화자와 임 사이에는 소문의 진실을 두고 벌이는 화자의 일방적인 주장만이 엿보인다. 화자의 어떤 점이 소문으로 비화하였고, 그 소문을 사실인 양 믿어버린 임과의 팽팽한 긴장감만이 자리할 뿐이다. 그런데, 〈정과정〉과 관련된 사료의 내용을 참조하면서 작품을 살펴보면 전혀 다른 시각으로 읽힌다. 앞서 언급하였듯, 국량局量이 동생에게 훨씬 못 미쳐 세자의 지위마저 박탈당할 뻔했고, 신하들의 만류와 호소로 간신히 보위에 오르게 된 의종의 입장에서 보면, 자신이 등극한 것 자체가 형제간의 갈등을 내포하고 있다. 이런 그가 동생인 대령후를 경계하는 것은 쉽게 짐작이 되는 대목이다. 앞에 제시한 ③에서 보면 정서의 유배는 정함과 김존중 등의 참소에 의한 것임을 알 수 있다. 반면 ④는 정서와 정함에 대한 재상과 간관의 소추로 보아 일방적인 참소만은 아닌 듯하다. 다만 기록된 내용만 놓고 본다면 정서의 유배 원인은 외척이나 충신, 권신들의 시기와 갈등, 간신들의 중상모략으로 인한 것이고, 실제로 정서가 큰 죄를 지은 것처럼 보이지 않는다. 그런데 대령후에게 열등감을 가졌을 의종의 시각에서 보면, 이들과 가깝게 지내는 정서의 행동 또한 의종에겐 결코 좋은 모습으로 보이진 않았을 것이다. 따라서 정함 등의 참소도 있었겠지만, 그것이 없다 하더라도 시기가 문제 였지 정서는 의종에게 버림받을 수밖에 없었을 것이다.

그렇다면 화자인 정서는 〈정과정〉에서 보이는 것처럼 왜 이런 방식으로 자신의 결백을 주장해야만 했을까 하는 의문이 든다. 의 종과는 인척 관계였고, 더욱이 대령후와 함께 노닐 수 있었다는 사실만으로도 그의 권세를 알 수 있다. 이렇게 〈정과정〉을 지어 자신의 뜻을 전달하는 것에서 그의 학문의 깊이도 짐작할 수 있기 때문이다. 역사적 자료인 ①과 〈정과정〉의 내용만을 두고 비교해 본다면, 자신에게 가해진 소문은 결코 정당하지 않고 사실과 다르 다며 자신의 결백만을 입증하고 있는 형국이다. 4행까지만 놓고 보면, 항상 임만을 생각하는 자신에게 덧입혀진 혐의는 모함에 불 과하다는 것과 자신의 결백을 하늘에 두고 맹세하는 모양새를 취 하고 있다. 그런 모함을 사실인 양 믿고 있는 임금(의종)에게 서운 한 마음이 들어서 눈물로 지내고 있음을 밝히고 있다. 그의 변명 과 항변은 7행으로도 이어지고, 5~6행에서 죽을 때까지도 함께하겠다던 임의 약속을 들춰내고 있다. 그러나 정서는 임으로 지칭되는 의종의 심중(대령후에 대한 열등감으로 촉발된 경계심이 그와 노닐던 정서에게도 곱지 않을 것이라는 심정)에 대해 전혀 고려하지 않고 있다. 자신의 적절하지 못했던 처신에 대한 반성은 사료나 〈정과정〉 어디에도 없다. 오직 자신에게 가해진 소문에 대한 변명과 자신의 행위에 대한 정당성만을 강조한다. 이런 그의 모습은 상황 파악을 하지 못했던 고려 왕실의 어리석은 인척의 모습으로만 보일 뿐이다. 그러기에 그는 자신을 유배지로 보내며 곧 소환하게 될 것이라는 의종의 말을 그대로 믿었던 것으로 짐작된다. 또한 자신을 불러주지 않은 것에 대한 서운함을 〈정과정〉을 통해 토로하지만 결과적으로 20여 년간을 유배지에서 보낼 수밖에 없었다고 생각한다. 따라서 사료(①~④)를 통해 본 〈정과정〉에서는 화자(정서)에게 가해진 소문은 얼마간의 참소도 작용했겠지만 근원적으로는 그의 올바르지 못한 처신에서 비롯된 것임을 알 수 있다. 자신의 그릇된 처신에 대한 반성이 없이 변명과 자신을 믿어달라는 항변은 공허하게 들릴 뿐이다.

흔히들 〈정과정〉을 '충신연주지사忠臣戀主之詞'라 하여 후대에 많은 작가들이 이를 패러디Parody하며 새롭게 조명하였다. 아마도 유배지에서 자신의 현실을 한탄하며 불렀던 정서의 마음과 동병상련同病相憐의 심정에서 비롯되었을 것으로 추정된다. 다만 우리가 〈정과정〉의 작가인 정서에 대해 알아두어야 할 것은 그의 올바르지 못한 처신과 외부의 소문을 두고 변명으로 일관하는 태도다. 어찌 이런 부류의 사람이 정서 한 사람에 그치겠는가? 정서의 경우는 그가 왕실의 친족이었기에 정치적인 문제와도 결부되어 있지만, 범박한 사람들은 또 어떠한가? 남들은 말을 하지 않고 그를 피할 뿐이다. 그래서 이런 사람들은 외롭다.

하필이면 달 밝은 밤에 하필이면 만난 지 1년 만에
하필이면 남산 산책길에서 하필이면 그런 일로 갈 게 뭐야
하필이면 비 오는 밤에 하필이면 만난 지 1년 만에
하필이면 전화 한 통 없다고 하필이면 그런 일로 갈 게 뭐야
그건 오해야 오해 그건 정말 오해야
난 너를 아직도 사랑하고 있는데
오해는 말아요 내 곁으로 돌아와줘요

– 전항 작사·작곡, 〈오해야 오해〉(1981)

7080세대에겐 〈나성에 가면〉이라는 노래로 잘 알려진 세샘트리오가 2집 앨범에 발표한 〈오해야 오해〉라는 노래이다. 경쾌한 곡에 '하필이면'이라는 말을 8번이나 반복하며 떠난 임에게 오해를 풀고 자신에게 돌아와 달라는 호소를 하고 있다. 두 사람 사이에는 어떤 일이 있었는지는 모르지만 만난 지 1년 만에 생긴 일로 남산 산책길에서 임은 토라져 간 것이다. 젊은 연인들에게 만난

지 1년은 서로에게 의미 있는 날로 축하하며 기념일 같은 날이다. 즐겁고 행복해야 하는 그날에 둘은 헤어지게 된 것이다. 4행에서 '전화 한 통 없다'라고 한 것으로 미루어 만난 지 1년 되는 그날을 기억하지 않고 상대가 원하는 말을 해 주지 못한 것이 이유인 것 같다. 왜 전화를 하지 않았을까? 곧바로 그 이유를 물어 알았더라면 그만한 것으로 헤어지지는 않았을 것이다. 그런데 그 임은 이유를 들어보지도 않고 돌아선 것처럼 보인다. 잘못된 상상은 계속 나래를 펴고 마침내 온몸에 똬리를 틀고 앉아 영혼까지 흔든다. 오해하지 말라고 이야기하려면 상대가 오해하기 전에 말해주면 된다. 국왕의 동생과 어울림을 대수롭지 않게 여겼던 〈정과정〉의 정서는 20여 년 동안 귀양살이를 해야 했다. 오해받을 만한 행동은 하지 말아야 한다. 그런데 어디 그것이 마음먹은 것처럼 쉬운 일인가? "내 맘 같지 않다"라는 코미디 대사처럼 모든 사람의 생각은 지문만큼이나 서로 다르기 때문이다. 그러기에 다시금 자신을 돌아보고 또 돌아볼 일이다.

간절한 소망

이룰 수 없는 욕망,
그대 곁에 영원히 머물고 싶어라

〈정석가鄭石歌〉

　동서고금을 막론하고 사람들은 영원한 사랑을 노래한다. 이것은 만남과 사랑에 확신이 없어 언제 끝날지 모르는 불안한 마음에서 비롯되는지도 모른다. 그래서 우리는 사랑하는 대상에게 사랑을 확인하기도 하고 말로 다짐을 받기도 한다. 반복된 확인을 통해 둘 사이의 사랑이 지속될 수만 있다면 얼마나 좋을까? "사랑해"라고 사랑하는 사람에게 말을 하게 되면 그 말을 하기 전보다 실제로는 사랑의 감정이 얼마쯤 빠져나간다고 한다. 그렇다면 그런 말을 하지 말아야 이론상으로는 상대를 사랑하는 마음이 더 크다는 이야기다. 그런데, 이론은 이론일 뿐 실제로 우리는 사랑하는 사람에게 "사랑한다"는 말을 하고, 또 그런 말을 듣고 싶어 한다. "자기야 나 얼마큼 사랑해" 그러면 "하늘만큼 땅만큼 사랑하지"라는 대답은 과장인 줄 알면서도 기분 좋게 만든다. 그런데 일부에서는 "하늘만큼 땅만큼 사랑하지"라는 이런 말을 함부로 써서는 안 된다고 당부한다. "하늘과 땅이 이것밖에 안 될까?"라는 의문이 결국 하늘과 땅 알기를 우습게 생각하는 모양새가 될 수도 있기 때문이다. 그래서 "하늘도 알고 땅도 알 만큼 사랑해" 정도가 적당하다고 일러준다. 맞는 말이기는 하지만 "하늘만큼 땅만큼 사랑하지"보다는 진심이 전해지지 않고 왠지 건조하고 지극히 이성적인 모습으로 다가선다. 사랑은 이성보다 감성이 작동될 때 순수해 보이기 때문이다.

불가능한 상황을 설정하여 그것이 해결된 후에야 사랑하는 당신과 헤어지겠다고 하는 말도, 결국 당신만을 사랑하겠다는 말이요, 결코 당신과 이별할 수 없다는 다짐의 언어다. 이런 내용을 담은 노래가 〈정석가〉이다.

> 징鄭, 鉦이여 돌石이여 지금에 계십니다
> 징이여 돌이여 지금에 계십니다
> 선왕성대先王盛代(이 좋은 시절)에 놀고 싶습니다
>
> 사각사각 가는 모래 벼랑에
> 사각사각 가는 모래 벼랑에
> 구운 밤 닷 되를 심으오이다
> 그 밤이 움이 돋아 싹이 나야만
> 그 밤이 움이 돋아 싹이 나야만
> 유덕하신 임 여의고 싶습니다
>
> 옥으로 연꽃을 새깁니다
> 옥으로 연꽃을 새깁니다
> 바위 위에 접을 붙이옵니다

그 꽃이 세 묶음(혹은 한겨울에) 피어야만
그 꽃이 세 묶음 피어야만
유덕하신 임 여의고 싶습니다

무쇠로 철릭을 마름질해
무쇠로 철릭을 마름질해
철사로 주름 박습니다
그 옷이 다 헐어야만
그 옷이 다 헐어야만
유덕하신 임 여의고 싶습니다

무쇠로 황소를 만들어다가
무쇠로 황소를 만들어다가
쇠나무산에 놓습니다
그 소가 쇠풀을 먹어야
그 소가 쇠풀을 먹어야
유덕하신 임 여의고 싶습니다

구슬이 바위에 떨어진들
구슬이 바위에 떨어진들
끈이야 끊어지겠습니까
천년을 외따로이 살아간들
천년을 외따로이 살아간들
믿음이야 끊어지겠습니까

1연의 '징이여 돌이여'는 〈정석가〉의 첫 구절로 소리의 아름다움을 드러내는 표현이다. '고운 임 오시던 길에 울려 퍼지던 편경의 맑은 소리'로 해석되기도 한다. 이를 서사라고 한다. 요즘 식으로 말하자면 본론의 이야기를 하기 전에 부르는 운 띄우기, 분위기 돋우기 정도에 해당하는 노랫말이다. 민간에서 불렀던 고려가요가 궁중의 노래로 활용되었다는 견해에 따르면, 민간 음악을 궁중 음악으로 포함시키기 위해 새롭게 편집하며 삽입된 가사라는 것이다. 거기에는 임금의 은혜 덕분에 태평성대를 누리고 있는 것을 강조하려는 편찬자의 의도가 들어갈 수 있을 것이다. 운율적 고려를 한 것이거나 6연에 등장하는 노랫말이 〈서경별곡〉 2연과 동일한 것처럼 당시 유행했던 노랫말을 차용했을 상황도 고려해 볼 수 있다. 그러다 보니 전체 구조와 내용이 부자연스러운 면이 나타난다.

그렇다면 〈정석가〉는 1연이 서사이고 2~5연이 본사, 6연이 결사로 편집된 노래임을 알 수 있다. 〈정석가〉의 본사는 도저히 불가능한 상황을 가정하며 자신의 사랑을 고백하고 있다. 모래 벼랑에 심은 구운 밤이 움이 돋아 싹이 나고, 옥으로 새긴 연꽃을 바위에 접붙여 꽃이 피어야 한다. 무쇠로 만든 옷이 다 헐어야 하고, 무쇠로 만든 소가 무쇠산에서 쇠풀을 먹어야만 임과 이별할 수 있다는 것이다. 어느 것 하나 현실에서는 이루어질 수 없는 조건들이다. 그러므로 임과의 이별은 없으며, 절대로 있어서는 안 된다는 화자의 확고한 의지가 드러난 작품이다. 이런 어법은 우리의 일상생활에서도 흔히 쓰인다. 상대에게 어떤 행동이 불가능하다는 것을 강조할 때, "그일이 성공하는 것은 하늘에서 별을 따는 것만큼 어려워"라는 표현과같다.

이제는 〈정석가〉를 자세히 읽어보면서 그 의미를 살펴보기로하자.

화자는 2연에서 '모래 벼랑에 구운 밤 닷 되를 심'고 '그 밤이움이 돋아 싹이 나야만', '임'과 헤어지고 싶다고 말한다. 도저히식물이 자랄 수 없는 모래 벼랑에, 그것도 생밤도 아닌 구운 밤을심으면 싹이 날 리가 없다. 그런데 화자는 그런 일이 일어나면 임과이별하고 싶다고 이야기 한다. 이 말은 구운 밤에서 싹이 날 리가없으니까 임과 이별할 일도 없다, 즉 임과 이별하기 싫다는 것을강하게 표현하는 것이다. 계속해서 '옥으로 새긴 연꽃'을 '바위에접'을 붙여 그 꽃이 피어야만, '무쇠로 마름질'하여 '철사로 박'은옷(철릭)이 다 떨어져야만, '무쇠로 만든 소'를 쇠나무산에 풀어놓고'그 소가 쇠풀을 먹어야'만, 임과 헤어지고 싶다고 한다. 바위에접붙인 연꽃이 자랄 리 없고, 옥돌로 만든 연꽃이 세 다발이나 피어날 리 없다. 무쇠로 재단하여 만든 옷이 다 떨어지는 것이나 무쇠로만든 소가 무엇을 먹는다는 것도 절대 불가능하다.

이상에서 보면 화자는 연마다 소재만 달리할 뿐 현실에서 전혀실현될 수 없는 조건들을 제시하면서 임과의 영원한 사랑을 구하고있다. 그런데 이 노래에는 흥미로운 점이 있다. 생밤을 구워 군밤을 만든다거나, 옥을 다듬어 연꽃을, 무쇠를 재단하여 철릭을 만들고 무쇠를 주조하여 큰 소를 만드는 것은 사람의 노력으로 충분히 할 수 있는 것들이다. 또한 거친 모래 벼랑에 구운 밤을 심는 행위나 3연에서 옥으로 새긴 연꽃을 바위에 접주하는 것, 4연에서 무쇠로 만든 철릭에 철사로 주름을 박는 일도 하기가 힘들다뿐이지 현실에서 절대 불가한 일은 아니다. 5연에서 무쇠로 만든 소 곧 '철우'라고 하는 것을 '철수산'에 놓는 행위도 어렵지만 가능한 일이다.

그런데 4연에서 '철사로 주름을 박아 옷이 다 헐면'이라는 진술에서 주목해야 하는 부분이 '다'라는 부사어이다. 생밤도 아닌 구운 밤을 심는다고 움이 돋고 싹이 나거나, 옥으로 만든 연꽃을 바위에 접주하였다고 꽃을 피울 수는 없다. 또한, 쇠로 만든 소가 무엇을 먹는다는 것도 불가능하다. 그러나 무쇠로 만든 옷(철릭)에 철사로 주름 박은 옷은 시간이 흐르면 조금이라도 낡아지거나 헐 수도 있다. 이 노랫말을 지은 사람은 이런 작은 실수도 허용하지 않았다. 부사 '다'를 사용하여 '그 옷이 전부 헐어서 못 입게 되는 경우'로 상황을 한정시키고 있기 때문이다. 이는 창작자의 의도에 맞도록 탁월하게 어휘를 배치한 세심한 지혜가 느껴진다.

여기에서 화자가 간직하고 있는 마음의 태도에 의문이 든다. 오로지 헤어질 조건을 말로써 제시할 뿐이지 정작 임과의 사랑을 지키려는 화자의 애타는 심정과 실질적으로 노력하는 행위를 전혀 찾아볼 수가 없기 때문이다. 동일한 구성으로 탁월한 어휘 안배를 통해 지적 유희를 보여 주며 임과 헤어질 수 없다는 강력한 메시지만 전할 뿐이다. 이것은 임과의 사랑을 유지하려는 강력한 사랑의 열망으로 볼 수도 있다. 하지만 이보다는 임에게 나의 마음을 보여주기 위한 연출의 성격이 더 강하다. 일종의 "강짜 부리기"로써 임과 헤어질 수 없다는 떼쓰기로 폄하될 수도 있는 부분이라고 생각한다.

불가능한 것을 마치 가능한 것으로 설정해 놓고 거기에 맞추어 영원하기를 비는 수법은 우리 시가에 형성된 하나의 관습이었다. 따라서 〈정석가〉 이외에도 문충이 지었다는 〈오관산五冠山〉, 춘향전의 〈사랑가〉, 중국의 〈상사上邪〉 등에서도 이런 방식이 발견된다. 〈오관산〉은 이제현의 「소악부」에 한역되어 다음과 같이 전한다.

> 나무토막으로 조그만 닭을 깎아
> 젓가락으로 집어 벽 위 횟대에 앉히고
> 이 닭이 꼬끼오 하고 때를 알리면
> 어머님 얼굴이 비로소 서산에 지는 해와 같아라
>
> — 문충, 〈오관산〉

이 시는 〈정석가〉 본사의 표현처럼 불가능한 정황을 제시하고, 이러한 일이 일어나야만 어머니께서 늙으셔야 한다는 역설적인 표현법으로 어머니의 만수무강을 빌고 있다. 『고려사』의 기록에 따르면 문충은 오관산 밑에 살면서 모친을 지극히 효성스럽게 섬겼다고 한다. 그의 집은 서울에서 30리나 떨어져 있었는데 그는 벼슬살이를 하느라고 아침에 나갔다가 저물어서야 돌아오곤 했지만 어머니의 봉양과 보살피는 일을 조금도 게을리하지 않았다. 그런데도 불구하고 자기 어머니가 늙어가는 것을 개탄하여 이 노래를 지었다고 한다.[1] 여기에서 문충이 노래한 가사를 두고 〈정석가〉의 화자처럼 일명 "강짜 부리기"라고 말할 수는 없을 것이다. 〈정석가〉는 서사와 결사라고 하는 부분에서 유추할 만한 내용이 보이지 않지만, 이 노래는 저간의 사정이 명백하게 나와 있기 때문이다.

〈정석가〉에 담긴 어휘는 창작자 자신의 의도에 맞게 선택하여 구성한 것이다. 앞서도 말했듯이, "다"라는 부사어의 활용으로 글의 구성을 치밀하게 만드는 역할까지 하고 있다. 이렇게 계산된 창작은 노래의 의미를 강화하는 작용으로 볼 수 있지만 오히려 작품의 정서적인 의미를 약화하는 구실이 되기도 한다. 임에게 기대하는 언질이나 처분을 받지 않은 화자가 자신의 존재를 드러내기 위한 선제적 고백일 수 있다. 다시 말해 임을 떠나서는 절대 살 수 없다는 의사를 반복적으로 표현하는 화자의 언술은 진정성을 지나 상대의 환심을 사기 위한 태도라고 볼 수도 있다. 또한, 동일한 구조의 반복은 주문을 외우는 듯한 주술적인 행위와도 유사하다. 이렇게 볼 수 있는 근거를 서사와 결사의 내용에서 찾을 수 있다. 서사인 1연은 '쇠로 된 악기와 돌로 된 악기의 소리를 내며 지금 여기에 계십니다'라고

---

1) 『고려사』, 「속악」, 〈오관산〉.

1행과 2행에서 두 번 말한다. 그러면서 선왕성대先王聖代 곧 좋은 시절에 노닐고 싶다고 한다. 선왕성대란 옛날의 훌륭한 왕들이 다스리던 때처럼 아무 걱정이 없이 편안하고 평화로운 세상이란 의미이니, 그런 세상에서 놀고 싶다는 말로 해석할 수 있다. 앞서 〈가시리〉의 후렴구 '위 증즐가 대평성대大平盛代'에서 대평성대를 '임금님의 은혜나 덕이 가득 차 넘치는 태평한 시대'라는 뜻으로 해석할 수 있지만, '두 남녀 간의 애정이 아무런 갈등과 어려움이 없이 평온하고 좋은 상태로서 두 사람 간 사랑의 관계가 돈독하고 지극히 행복한 상태로 풀이할 수 있다'고 했다. 이런 사례를 참조한다면 〈정석가〉의 선왕성대 또한 두 남녀 간의 개인적인 상황으로 좁혀서 이해할 수도 있으며, 설령 그렇게 이해하지 않더라도 그 의미는 이별이나 고통, 슬픔을 함유한 긍정 혹은 긍정의 의지를 내포한다고 보인다.

이처럼 1연에서 화자의 진술이 그런 상황을 원하고 있다는 것은 곧 현재 처해있는 현실은 그렇지 못하거나 자신의 내면을 상대에게 환기시킬 필요가 있기 때문이다. 예전과 같이 임과 함께 노닐기를 바라는 소망은 현실에서는 도저히 이루어질 수가 없어 체념으로 나타날 수 있다. 현재 임과의 관계가 분명하게 나타나지 않는 상황에서 화자는 임과 절대로 이별할 수 없다는 고백을 본사에서 소재만 바꾸며 반복하여 진술한다. 강한 부정은 강한 긍정의 의미를 낳는다고 볼 때, 노랫말은 화자 자신의 일방적인 고백에 가깝다. 하지만 임과 헤어지게 되는 6연의 상황이 발생한다 할지라도 화자는 임에 대한 변함없는 고백과 다짐을 하고 있다. 구슬이 바위에 떨어지면 구슬이 깨지는 것은 자명하다. 그러나 그 구슬을 묶고 있던 끈은 끊어지지 않는다. 화자는 절대로 그럴 리가 없지만 혹시라도 임과 이별하게 되어 천년을 혼자서 살더라도 임을 끊임없이 사랑하고 믿을 것이라고 말한다. 천년을 떨어져 있더라도 둘 사이의 믿음은 변하지 않는다는 것이 6연에서 말하는 화자의 주장이다. 그러나 앞서 〈서경별곡〉에서 보았듯 6연에서 간과해서는 안 되는 사실은 '끈과 믿음'을 강조하는 듯 보이지만, 실제로는 구슬이 없는 끈이나 임과 천년을 떨어져 혼자 지내면서 지니고 있는 신의가 얼마나 가치가 있을 것인가 하는 부분이다. 아무리 임에 대한 나의 사랑이 변함이 없을 것이라고 강조하지만 임의 뜻과는 무관한 나의 일방적인 고백일 뿐이다. 여기에 〈정석가〉의 화자가 기구祈求하고 있는 사랑의 한계가 있지 않을까?

　김소월도 〈개여울의 노래〉에서 〈정석가〉의 화자와 같은 방법으로 사랑을 바라고 있다.

그대가 바람으로 생겨났으면!
달 돋는 개여울의 빈 들 속에서
내 옷의 앞자락을 불기나 하지.

우리가 굼벙이로 생겨났으면!
비 오는 저녁 캄캄한 영삘기슭의
미욱한 꿈이나 꾸어를 보지.

만일에 그대가 바다난 끝의
벼랑에 돌로나 생겨났더면
돌이 안고 굴며 떨어나 지지.

만일에 나의 몸이 불귀신이면
그대의 가슴속을 밤도와 태와
둘이 함께 재 되어 스러지지.

- 김소월, 〈개여울의 노래〉

    개여울을 바라보는 화자가 자신의 소망을 표현하고 있다. 바람이 된 그대가 내 옷의 앞자락을 불어 스치기만이라도 하길 원한다. 사람이 아닌 굼벙이라면 비 오는 저녁에 '미욱한 꿈'이라도 꿀 수 있을 텐데라고 고백한다. 3연에서 '둘이 안고 굴며 떨어지지'라는 고백은 죽음도 불사하겠다는 강한 의지를 나타낸다. 그대와 함께라면 죽음도 두렵지 않다는 표현이다. 마지막에는 불귀신이면 '둘이 함께 재 되어 스러지지'라는 꿈을 꾼다. 모두 이루어질 수 없는 일들을 가정하면서 바라고 있는 것이 〈정석가〉와 닮았다. 사랑하는 사람이 생기면 그 사람과 함께 있고 싶고, 그 사람에게 도움이 되는 어떤 일이라도 하고 싶은 마음이 싹트는 것이 인지상정이다.

세월이 흘러도 사랑은 유구하다. 시대에 따라 사랑의 형식은 변할지라도 사랑하는 마음이 영원하기를 바라는 것은 예나 지금이나 다르지 않다. 그런데 그것이 임을 향한 것이든 그 밖의 어떤 것을 염원하든, 품은 사랑이 변치 않기를 바라는 것은 사람 마음의 가변성에 대한 불안 때문인지도 모른다.

"어떻게 사랑이 변하니?"

지난 2001년에 개봉한 허진호 감독의 영화 〈봄날은 간다〉에서 '상우'(유지태)가 '은수'(이영애)에게 한 말이다. 그러나 그 당시 한 통신사의 광고에서 '여자'(김민희)가 '남자'(차태현)에게 "내가 니꺼야? 난 누구한테도 갈 수 있어!" 하며 "사랑은 움직이는 거야"라고 한 멘트는 사랑이 변할 수 있는 현실을 적나라하게 나타낸 말이다.

지난 2010년에 고려 시대의 것으로 추정되는 연꽃의 씨앗이 700여 년 만에 꽃을 피울 거라는 보도가 있었다. 전년도 5월 경남 함안 성산산성에서 출토한 씨앗 10개 중 3개가 발아했는데 생육 상태가 괜찮아 꽃이 기대된다는 내용이었다. 연 씨앗은 생명력이 1만여 년에 달하는 것으로 추정되는데, 2000년 묵은 것이 발아한 예도 있다고 한다.[21] 고려가요 〈정석가〉에 등장한 '옥으로 새긴 연꽃'은 꽃을 피우지 못하지만, 고려 시대의 씨앗은 살아서 연꽃을 피운다.

700년 만에 꽃을 피운 연꽃, 이를 "아라 홍련"이라 이름 지었다고 한다. 아라는 가야 시대 함안 지역에 자리 잡고 있던 나라의 이름인 아라가야에서 따온 것이다.

마치 고려가 연꽃으로 환생한 셈이다. 고려인들은 씨앗 속에 어떤 사랑을 새겨 넣었을까? 수백 년을 건너뛰어 싹을 틔우는 생명력이 놀라울 뿐이다. 사랑은 움직이는 것이고 변하는 것이라고 말하는 우리에게 오랜 세월 땅속에 묻혔다가 새롭게 피어난 연꽃은 "아니야"라고 말하는 듯하다. 화석에서도 꽃을 피우는 사랑이 있는 것처럼 사랑은 영원하다고, 그래야 한다고 말하는 듯하다.

---

2) 김태관, 〈700년 만에 피는 연꽃〉, 『경향신문』, 2010.04.27.
https://www.khan.co.kr/opinion/yeojeok/article/201004271758232#csidx
5c102f72300bc18afcc9e7b83cbb747 (2021.01.05. 검색)

'철릭'이란

『삼재도회』에 나오는
고려 시대 철릭을 입은 남자

철릭은 앞뒤 몸판과 허리 아래 치마 부분을 따로 재단하고, 치마허리 부분에 주름을 잡아 상의의 허리와 연결한 옷으로 치마폭이 넓어 활동적이면서 간편한 의복이다. 몽골의 어휘인 'terlig'에서 유래한 것으로 복식과 함께 명칭을 빌리면서 음은 몽고음 그대로 차용하였고 표기는 중국의 한자 '첩리帖裏'를 빌려 사용하였다. 고려 말기부터 중국어 교습서로 사용된 『노걸대언해老乞大諺解』에는 '텬릭'으로 표기되었다. 이것은 중국의 백과사전인 『삼재도회』에 철릭을 입고 있는 고려사신을 소개한 그림에서도 볼 수 있다.

이헌충(1505~1603)묘 출토 복식 철릭(출처: 이명은(2019), 「경기도 포천 소재 이헌충 공과 배위 안동김씨 묘 출토 복식 고찰」, 『한국복식』 42, 37쪽)

고려의 의복 중에는 허리에 여러 줄의 선
을 둘러 장식한 요선 철릭이 있다. 〈정석
가〉 4연에 등장하는 '철릭'은 노랫말에
'주름 박습니다'라는 표현에서 알 수 있
듯이, 주름이 잡혀있는 옷이었음을 짐작
하게 한다. 1326년 해인사 금동비로자
나불 복장물에서 나온 요선 철릭은 현존
하는 최고의 철릭 실물로 알려져 있다.
서민층이었던 15세 소년이 입었다고 한
이 유물은 1326년 이전에 철릭이 이미
서민층에까지 일반화되었다는 사실을 말
해준다. 철릭이 위로는 임금에서 백관까
지 두루 착용했다는 사실은 변수묘 출토

부산 복천동 고분군에서 출토된 갑옷.
가장 이른 형태의 갑옷으로, 세로로 긴
형태의 철판을 이용하여 제작하였다.
갑옷과 갑옷을 가죽이나 작은 철못으
로 연결하였다.
(출처: 부산대학교 박물관)

복식유물邊脩墓出土服飾遺物 30점 중에 철릭이 15점이나 들어있는 사실에서
도 확인된다. 그런데 〈정석가〉에서 말하고 있는 철릭은 재질이 무쇠로 되
었다는 점에서 일반적으로 천을 이용하여 제작된 철릭과는 다른 것으로
보인다. 생김새가 주름이 있는 '철릭'이라는 옷을 지칭하고 있지만 〈정석
가〉에 등장하는 철릭은 '철로 만든 갑옷'을 가리킨다고 보아야 한다.

당신과 함께할 수만 있다면 벼락 맞아 죽어도 좋아
〈이상곡履霜曲〉

사랑해선 안 될 사람을 사랑하는 죄이라서
말 못하는 내 가슴은 이 밤도 울어야 하나
잊어야만 좋은 사람을 잊지 못한 죄이라서
소리 없이 내 가슴은 이 밤도 울어야 하나

아~ 사랑 애달픈 내 사랑아 어이 맺은 하룻밤의 꿈
다시 못 볼 꿈이라면 차라리 눈을 감고 뜨지 말 것을
사랑해선 안 될 사람을 사랑한 게 죄이라서
소리 없이 내 가슴은 이 밤도 울어야 하나

- 손석우 작사·외국곡, 〈꿈속의 사랑〉 (1956)

일제강점기 때부터 가수 활동을 시작한, 이른바 '가수 1세대'의 대표적인 대중가수였던 현인, 그가 불렀던 〈꿈속의 사랑〉은 사랑해서는 안 될 사람을 사랑한 사람의 애달픈 모습을 통해 듣는 이로 하여금 애잔한 마음을 갖게 하였다. 1949년에 중국 노래로 알려진 〈몽중인夢中人〉의 곡에 손석우 씨가 작사를 했다는 이 노래는 현인에 이어 홍민, 윤복희, 윤항기 등 당시 내로라하는 가수들이 불러 공전의 히트를 기록하였다. 사랑해선 안 될 사람을 사랑하는 이야기는 가요만이 아니라 드라마에서 단골로 등장하는 레퍼토리다. 괴테 Johann Wolfgang von Goethe(1749~1832)는 사랑해선 안 될 사람인 친구의 약혼녀를 사랑하게 되자 절망했다. 고통으로 괴로워하던 괴테는 그녀의 결혼 소식을 접하자 남은 생을 끊어버리고 싶은 충동에 사로잡혔다. 하지만 차마 용기가 없었던 그는 4주 동안 틀어박힌 채 이 비극적인 사랑의 이야기를 『젊은 베르테르의 슬픔』이란 책으로 써냈다고 한다. 이 책은 뼈저린 상실을 경험해 본 자만이 이해할 수 있다.

이처럼 사랑해서는 안 될 사람을 사랑하는 것은 고통을 수반한다. 누구에게도 온전히 터놓고 말하지 못한다. 그 사람을 잊으려고 몸부림칠수록 자꾸만 또렷하게 생각난다. 이루어질 수 없는 사랑이라면 애당초 하지 말아야 했을 것을. 이제 와서 돌이키려니 돌아가기는 너무 멀리 와버렸다. 두 사람이 외부의 시선이나 다른 상황을 무시하면서까지 사랑하는 경우라면, 두 사람만 놓고 보면 최고의 순간일 수 있다. 물론 그로 인해 파탄이 나는 가정도 있을 것이고, 자신의 지위와 명예도 내려놓아야 하는 경우도 있을 것이다. 그렇더라도 이런 것을 포기하면서까지 사랑하는 이들이 세간에 오르내리는 것을 보면 이런 사랑이 존재한다는 반증이다. 그런데 그것이 나만의 짝사랑이라고 한다면, 나만 애타고 가슴 졸이는 사랑이라면, 서글프고 아픈 시간이다. 상대가 나와 같은 마음일 거라는 기대가 전혀 없기 때문이다. 결국 대개가 파국이요 파탄이 나고야 만다. 위 노래 〈꿈속의 사랑〉의 화자는 그래서 혼자 그 괴로움을 온몸으로 감내하고 있는 것이다.

고려가요엔 이와 유사하면서도 결이 다른 노래가 있다. 〈이상곡履霜曲〉이다. 제목부터가 범상하지 않다. 고려가요의 제목을 보면, 어떤 원리가 작동된 것 같지는 않다. 일반적으로 작품 속의 반복 구절을 취하거나(〈동동〉, 〈청산별곡〉), 첫 구절의 어휘를 차용하기(〈서경별곡〉, 〈가시리〉, 〈쌍화점〉) 때문이다.

이상履霜이란 서리를 밟는다는 뜻이다. '이상곡'이라는 제목은 주역의 〈곤위지괘坤爲地卦〉에 '서리를 밟으면 단단한 얼음이 이른다履霜堅氷至'라는 내용에서 유래했을 것이라는 견해도 있다. 서리가 내린 것을 보면 얼음이 꽁꽁 어는 혹한의 계절이 곧 닥친다는 것을 알아야 하는 것처럼, 기미를 보고서 미리 경계해야 한다는 의미로 해석할 수 있다. 여기에 생명력이 약동하는 봄도 만물을 갈무리해 주는 추운 겨울이 있어서 가능하다는 사실도 고려할 만하다. 그러기에 〈이상곡〉은 제목만을 놓고 볼 때, 노랫말 속의 여인이 앞으로 더 큰 어려움을 만나겠지만, 그렇게 되더라도 임에 대한 사랑의 끈을 놓지 않겠다는 의지를 피력하는 것으로 이야기할 수 있다. 다음은 〈이상곡〉의 전문이다.

비 오다가 개 눈이 내린 날에

서리는 사각사각한데 숲 좁은 굽어 도는 길에

다롱디우셔 마득사리 마득너즈세 너우지

잠을 빼앗아간 내 임을 생각하는데

임이 새벽길(열명길)에 (이곳으로) 자러 오겠습니까?

꽝 하고 벼락이 쳐서 무간지옥에 떨어져

(종종霹靂벽력 生陷墮無間싱함타무간)[3]

바로 죽어갈 내 몸이

꽝 하고 벼락이 쳐서 무간지옥에 떨어져

(종霹靂벽력 生陷墮無間싱함타무간)

바로 죽어갈 내 몸이

내 임을 두옵고 다른 임과 걷겠습니까?

이렇게 저렇게

이렇게 저렇게 하자는 기약이었습니까?

아소 임이시여, (임과) 함께 살아가고자 하는 기약(뿐)입니다

〈이상곡〉의 3행인 "다롱디우셔 마득사리 마득너즈세 너우지"는 아직까지도 학계에서 명쾌한 해독이 안 된 난해구로 알려져 있다. 비가 오다가 개는가 싶더니 눈이 오는 날씨는 겨울철에 종종 볼 수 있는 현상이다. 좁으면서도 굽은 길에 서리까지 내려 걷기도 힘이 드는 주변 환경에서 나는 임 생각 때문에 한숨도 자지 못한 채

---

3) 원문을 ( ) 안에 적은 것은 해석의 편의를 위함임.

2부 _ 간절한 소망 81

뜬눈으로 지샌다. 두 사람이 은밀하게 만날 장소, 그곳까지 오는 길이 누추하고 을씨년스럽다. 그런 열명길에 임이 나를 만나러 오겠냐고 화자는 탄식한다. 열명길이란 국어사전에 '저승길' 또는 '저승으로 가는 길'로 풀이하고 있다. 그러기에 박상륭朴常隆(1940~2017)은 "열명길"이라는 제목으로 소설을 쓰기도 했다. 그런데 이 어휘는 지금까지 명확하게 규명되지 않고 추정만 하고 있을 뿐이다. 국어사전의 내용도 추정한 것을 그대로 차용하고 있다. 저승길이라고 하면 앞뒤 행 사이에 해결해야 할 문제가 적지 않다. 5행은 죽은 임을 따라가겠다는 의지로도 읽힐 수 있기 때문이다. 그런데 열명길을 '새벽길'로도 볼 수 있다. 열다의 용언 어간의 활용어 '열며'에 'ㅇ'을 첨가한 형태인 '열명'에 명사 '길'이 결합한 복합어로서 '여는 길', 곧 '(아침을) 여는 길' 정도로 설명할 수 있다. 용언 어간의 활용어에 'ㅇ'을 첨가한 경우는 옛 시가에서 종종 보이는 형태로서 경쾌한 느낌을 주는 효과가 있다고 한다. 〈쌍화점〉의 원문에 "이 말솜이 이점店 밧긔 나명들명"이라는 구절에서도 확인되듯[4] 원 형태는 '나명들명 ᄒᆞ거든'과 같은 조건형이었을 것이나, 운율적 고려로 인하여 'ᄒᆞ거든'이 생략되었다고 보면 '나며 들며'에 각각 'ㅇ'이 첨가된 형태라고 할 수 있기 때문이다. 그렇다면 5행의 열명길은 '저승길'이나 '십분노명왕十忿怒明王과 같이 무시무시한 길'이라기보다는 '새벽길'로 보

4) 이에 대한 내용은 이 책 〈쌍화점〉 참조.

는 것이 더 타당하다. 4행의 "잠을 빼앗아 간 내 임을 생각하는데"의 주어가 '나'임을 고려할 때, 5행의 서술어는 "……자러가리잇가"로 되어야 하는데 원문에는 "……자라오리잇가"로 되어있다. 이를 융통성 있게 해석하자면 "잠을 빼앗아 간 내 임을 (내가) 그리워한들 그 같은 열명길(새벽길)에 (임이) 나와 함께 하기 위해 오시겠습니까"로 해석할 수 있다. 따라서 5행에는 4행에서 임 생각에 잠 못 이룬 화자가 시간이 흘러 새벽녘이 되어버린 것을 깨달으며, 남의 시선 때문에 어둠 속에서도 못 온 임이 어두움이 걷힌 새벽녘에는 더 오지 못하리라는 절망감이 내포되어 있다고 할 수 있다. 그러므로 '그러한 새벽길에 자신에게로 자러 오겠는가?'라는 화자의 진술에는 오늘도 기다리는 임은 자신에게 오지 않을 것이라는 사실을 직감한 처지를 담고 있다. 그러기에 화자는 더욱 비참하고 처량해진다. 또한, 여기에는 체념하지 못하고 오히려 임을 기대하는 자신의 어리석은 모습을 스스로 비웃는 의미까지도 내포하고 있다.

흥미로운 것은 바로 다음 행에 "꽝 하고 벼락이 쳐서 무간지옥에 떨어져 바로 죽어갈 내 몸이"라는 말을 두 번 반복하고 있다는 사실이다. 지금까지 발언해 온 것과는 사뭇 비장한 각오를 발설하는 것처럼 느껴진다. 도대체 이 말은 어떤 뜻일까? 벽력은 벼락을 가리키는 한자어이다. 이 어휘는 '청천벽력靑天霹靂'에서와 같은 '갑작스러움, 순간성'을 나타내거나, 벼락 맞아 죽는다는 것과 같이 죄의식을 강조할 수도 있다. 그래서 대개의 연구자는 '벼락'이라는 어휘에서 '죄의식'을 주목하였고. 화자가 '벼락을 맞아 지옥에 갈' 이유를 찾기 위해 부단히 고심해 왔다. 옛날부터 우리는 아주 악행을 일삼거나 죄를 많이 지은 사람, 혹은 나쁜 사람을 가리켜 '벼락 맞을 놈'이라는 말로 표현했다. 자연 현상 가운데도 하늘에서 예고 없이 내리꽂는 섬광과 함께 굉음을 동반하는 번개와 천둥은 고대인들에게 경이와 공포의 대상이었을 것이다. 이런 현상이 왜 일어나는지 알지 못했던 그들은 이를 "하늘이 노했기 때문"이며 벼락 맞아 죽은 사람은 반드시 큰 죄를 지었을 것이라고 생각했다. 과학의 발달로 벼락이 자연 현상에 불과하다는 것으로 널리 알려졌는데도 아직도 "벼락 맞아 죽을 놈"과 같은 표현이 남아 있는 것을 보면 '벼락은 죄에 대한 응징'이라는 인식이 우리의 의식 깊이 뿌리내리고 있음을 알 수 있다.

그렇다면 〈이상곡〉의 화자가 4개 행(6~9행)에 걸쳐 자신의 행위를 두고 벼락 맞아 죽을 것으로 인식하고 있는 것이라면, 그 의미는 무엇일까? '지난날 임과의 사랑에 대한 뉘우침'을 두고 내가 한 발언이라고도 볼 수 있겠지만, 10행 이하 진술의 화자 태도로 보아 6~9행의 의미는 '임과의 관계가 정상적인 것이 아니라 부적절하다는 세상의 시선을 의식'하며 토해낸 발언으로 보인다. 곧, 6행에서 9행까지의 발언은 표면적으로 보면 화자의 일방적인 진술로 보이지만 깊게 따지고 들어가면 '자신과 임과의 사랑이 정당하지 못하다'고 자각하며 화자가 토로하는 장면이라고 생각할 수 있다. 다시 말해 6~9행의 진술은 화자 자신이 이처럼 '벼락 맞아 산채로 무간지옥에 떨어져 곧 죽을 사람'으로 "낙인찍힌 사람"임을 들어서 임에게 하소연하고 있다는 것이다.

외부 사람들에게까지 '벼락 운운하며 산 채로 지옥에 떨어져 곧 죽을 사람'이라고 알려진 것이라면, 내 자신도 임과의 관계가 일반 사람이 인정할 만한 그런 평범한 관계가 아니라 알려지면 낭패를 당할 수 있는 부적절한 관계임을 인식하고 있다고 보아야 할 것이다. 그렇지 않고서야 한 여성이 한 남성을 사랑하는 일이 그처럼 벼락을 맞아 지옥에 떨어질 일은 아니기 때문이다. 그런데 이 사랑에는 임의 뜻이 나타나지 않는다. 중요한 것은 화자 본인만이 상대를 사랑하고 있다는 사실이다. 여기에서 화자가 상대하는 대상은 화자가 감히 넘겨볼 수 없는 위치의 인물이거나 아니면 배우자가 있는 사람이라고 추정할 수 있다.

지금까지 자신은 임 생각에 잠을 이루지 못하지만(4행) 임 또한 자신을 그리워하여 새벽이라도 달려올 것을 기다리지만 '자러 오겠습니까'(5행) 라는 반어적인 표현에서 임은 결코 자신에게 오지 않을 것이라고 자탄하는 모습이다. 화자는 자신의 애달픈 처지에서도 오직 임만을 사랑하고 있다고 밝히고 있다. 지독한 사랑인지, 아니면 이 사람을 놓치면 안 되겠다는 비장한 결단인지. 임에게 매달리면 매달릴수록 화자 자신은 자꾸만 초라해진다. 경우가 다르겠지만 "그대 앞에만 서면 왜 나는 작아지는가"라는 유행가 노랫말의 주인공과 같다. 이런 화자와 달리 '이렇게 저렇게' 하려는 임의 태도(11~12행)에서는 아무런 책임감도 보이지 않는다. 오로지 화자의 목소리만 들리고, 임에게 매달리는 화자의 애원만 보인다. 여기에서 두 사람의 관계를 짐작할 수 있다. 처음에는 어떠했는지 모르지만 지금, 이 시점에서 보면 임의 마음은 나와 같지 않다. 처음에 서로 사랑했던 사이라면 임의 마음이 변했고, 처음부터 나만 정을 주었던 관계라면 임에게 자꾸 사랑을 애원하는 형국이다. 주변의 평판을 통해 이들 사이를 유추하면 이들은 떳떳하게 드러낼 수 없는 부적절한 관계임을 알 수 있다. 그러면서도 임이 자신에게 어떤 자세를 취하더라도 나는 임과 함께 하기만을 바란다고 고백한다. 그 고백이 나의 일방적인 소망이라는 점에서 둘 사이는 기약할 수 없는 관계임을 알 수 있다.

최근 가수 송가인이 불렀던 〈금지된 사랑〉의 가사는 〈이상곡〉의 여인과는 또 다른 색깔을 나타내지만 임을 사랑하는 그 마음만은 동일하다.

금지된 사랑을 알면서
늪에 빠진 여자예요
너무나 달콤해 두려운 줄 몰랐죠
그댈 사랑한 것도 죄가 되나요
사랑이 죄라면 아픈 벌
얼마든지 받을게요

아프고 아려도 멈출 수가 없어요
그댈 가슴이 먼저 품고 있네요
그리움의 날개를 펴서 품고 살았죠
무거워 날아갈 수 없었어요
사랑이란 다 그런 거죠 늘 아픈 거죠
보고 싶어요 보고 싶어요 내 사랑
고운 정 미운 정 다 들여놓고 간 사람
고운 정 미운 정 가슴에 남겨진 사람
고운 정 미운 정 되돌아갈 수 없나요
사랑해요 미안해요 책임지세요
세월 가면 사람도 가고 변해가지만
추억은 항상 눈물 속에 있죠
나뭇잎은 왜 떨어지고 또 흙이 될까
나를 닮았나 내가 닮았나 내 사랑
고운 정 미운 정 다 들여놓고 간 사람
고운 정 미운 정 가슴에 남겨진 사람
고운 정 미운 정 되돌아갈 수 없나요
사랑해요 미안해요 책임지세요
고운 정 미운 정 한 켠에 여백도 없이
고운 정 미운 정 가슴에 남겨진 사람
아련한 그리움 되돌아갈 수 없나요
사랑해요 미안해요 책임지세요
내 인생에 화려했던 어느 멋진 날

- 최비룡 작사·최고야 작곡, 〈금지된 사랑〉 (2020)

화자는 처음부터 금지된 사랑임을 알면서도 사랑의 늪에 빠졌다고 진술한다. 사랑이 죄라면 그 벌도 얼마든지 받겠다고 한다. 그 아픔을 알면서도 임을 사랑하는 마음을 멈출 수 없다. 오로지 내 마음속에 그대가 들어와 있기 때문이다. "고운 정 미운 정 한 켠에 여백도 없이 / 고운 정 미운 정 가슴에 남겨진 사람 / 아련한 그리움 되돌아갈 수 없나요 / 사랑해요 미안해요 책임지세요" 하는 것은 표면적으로 〈이상곡〉의 여인과 비슷하다. 그러나 〈금지된 사랑〉에는 〈이상곡〉의 여인이 다 못한 한마디 "책임지세요"라는 말이 비수처럼 꽂혀 있다. 21세기를 사는 오늘에도 부드러우면서도 호소력 짙고 사랑스러우면서도 화려했던 사랑의 날을 기억나게 하는 노래다. 마치 고려 시대 못다 한 〈이상곡〉 화자의 깊은 한숨을 토해내는 듯하다.

지난 2014년에 45세의 나이로 생을 마감한 박성신의 〈한 번만 더〉라는 노래가사 속 주인공의 모습에서도 〈이상곡〉 여인의 모습을 찾을 수 있다.

… (선략) …
이뤄질 수 없는 사랑이라 느껴도
헤어져야 하는 사랑인 줄 몰랐어
그대 돌아서서 외면하는 이유를
말하여 줄 수는 없나…

이렇게 쉽게 끝나는 건가

이것이 우리의 마지막 모습인가

Hey... 한 번만 나의 눈을 바라봐

그대의 눈빛 기억이 안 나

이렇게 애원하잖아

Hey... 조금만 내게 가까이 와봐

그대의 숨결 들리지 않아

마지막 한 번만 더 그대 곁에 잠이 들고 싶어

Hey... 한 번만 나의 눈을 바라봐

그대의 눈빛 기억이 안 나

이렇게 애원하잖아

… (후략) …

– 전상진 작사·김성호 작곡, 〈한 번만 더〉(1989)

아무리 애원해 보고 되돌리고 싶고, 마지막 한 번만 더 그대 곁에 잠이 들고 싶다고, 한 번만 내 눈을 바라보라는 애절한 소리는 허공 속의 메아리일 뿐.

이런 노래임에도 불구하고 〈이상곡〉은 조선조에 들어오면 〈쌍화곡〉, 〈북전가〉 등의 노래와 함께 가사를 고쳤다는 내용이 『성종실록』에 전한다. 주지하듯 조선조에 들어와서 고려가요는 '남여상열지사男女相悅之詞'[5]라는 수식어를 덧씌워 텍스트가 변용된 것이 적지 않다. 텍스트를 변용했다는 것은 기존 작품에 반응하는 수용

층이 검열하고 교정했음을 의미한다. 즉 아무리 그 사랑의 진정성이 강하다고 하더라도 부적절한 관계는 완화시켜야 했기 때문이다. 이는 역으로 고려조에서 〈이상곡〉이 향유될 수 있었던 것은 두 남녀 간의 관계에 집중하지 않고 사랑을 향한 일편단심에 더 강한 관심을 가졌다고 볼 수 있다.

---

5) 남녀상열지사는 남녀 간의 애정을 노골적으로 다룬 노래를 일컫는다. 이는 고려 시대 때 만들어진 말이 아니라 조선 전기의 학자들이 남녀의 애정을 다룬 노래를 업신여기며 만들어 낸 표현이다.

삼백예순날 당신만을 바라봅니다
〈동동動動〉

　　우리는 1월을 새해라고 하는 반면 12월을 묵은해라고 한다. 이런 새로운 시작에 대한 기대로 12월을 빨리 보내고 싶어 하는 심정이 담겨있다. 지난 1년 동안의 실망과 좌절 속의 고통을 씻어내며 다시 시작하고 싶은 생각에서 '송구영신送舊迎新'이라는 말로 스스로를 위안하는 달이 12월이다. 가수 김부자는 〈달타령〉에서 '정월에 뜨는 저 달은 새 희망을 주는 달'에서부터 십이월에 뜨는 달은 '임 그리워 뜨는 달'이라고 각 달을 노래했다. 인디언들은 1월을 '마음 깊은 곳에 머무는 달'이라고 했고, 12월을 '침묵하는 달' 또는 '무소유의 달'이라고 불렀다. 흘러가는 순간의 과정이지만 나름대로 시간에 의미를 두고 살아가는 지혜의 한 단면이다.[6]

　　고려가요에도 이처럼 정월부터 12월까지 달마다 임만을 생각하는 노래가 있다. 바로 〈동동〉이다.

---

6)　권영동, 〈12월〉, 『새전북신문』, 2018.12.10.

덕德을랑 신령님께 바치옵고
복福을랑 임(금)에게 바치옵고
덕이여 복이라 하는 것을
드리러 오십시오
아으 동동動動다리 (이하 후렴구 생략)

정월 냇물은
아으 얼으려 녹으려 하는데
누리 가운데 나서는
몸하 홀로 살아가는구나

이월 보름에
아으 높이 현
등불다워라
만인 비추실 모습이시로다

삼월 나면서 핀
아으 늦봄 진달래꽃이여
남이 부러워할 모습을
지니고 나셨도다

사월 아니 잊고
아으, 오셨구나 꾀꼬리새여
무엇 때문에 녹사綠事님은

옛날을 잊고 계신가

오월 오일에
아으 단옷날 아침 약은
즈믄 해를 오래도록 사실
약이라 바치옵니다

유월 보름에
아으 벼랑에 버린 빗 다워라
돌아보실 임을
잠시나마 쫓아갑니다

칠월 보름에
아으 백중百中날 제상 차려 놓고
임과 한곳에 지내고자
소원을 비옵니다

팔월 보름은
아으 한가윗날이건만
임을 모시고 지내야만
오늘이 한가위로다

구월 구일에
아으 약이라 먹는

국화꽃이 집안에 드니

세서歲序가 늦었구나

시월에

아으 잘게 저민 보리수다워라

꺾어버리신 뒤에

지니실 한 분이 없구나

동짓달 봉당 자리에

아으 홑적삼 덮고 누웠으니

슬픈 일이로구나

고운 임 여의고 살아감이여

섣달 분디나무로 깎은

아으 올릴 소반의 젓가락다워라

임의 앞에 들어 가지런히 놓으니

손님이 가져다 치워버립니다

〈동동〉은 현전하는 '달거리체'[7] 효시가 되는 노래다. 이는 중국의
'십이월상사十二月相思문학'에서 유래된다. '십이월상사'는 매월 쉬지

---

7) '달거리체'란 한 해 열두 달의 순서에 따라 노래한 시가의 형식, '월령체'라고도
한다.

않고 '임'(이성의 임만 아니라 부모, 혈육, 친우 등 그리운 모든 대상 인물을 포함)을 사모하는 내용으로 되어 있다. 〈동동〉에서는 한 해의 절기나 달, 계절에 하는 생활 관습인 '세시풍속'이 여섯 달이나 나오지만 이 노래는 세시풍속을 말하려는 것이 아니다. 세시풍속은 임을 그리는 정을 이끄는 모티브일 뿐이다.

첫 연은 정월부터 섣달까지 임과 관련된 내용을 읊조리는 다른 연과는 성격이 다르다. 임을 대상으로 하는 것이 아니라 신령님과 임금님을 기리면서 덕과 복을 함께 기원하기 때문이다. 이는 앞서 〈정석가〉의 첫 연과 같은 류의 가사이다. 궁중의 노래로 재편되면서 첨가된 부분이라고 할 수 있다.

정월이 되었다. 정월은 새해를 맞이하여 설레는 달이다. 덕담을 주고받으며 한 해를 설계하는 시절에 화자의 눈에 비친 것은 해빙의 조짐이다. 이는 겨우내 얼었던 물이 봄기운에 녹아내리는 모습으로 자연의 이치이다. 그런데 자신의 모습은 어떠한가? 얼었던 물은 녹아서 서로를 부대끼며 지내는데, 내 곁엔 나와 함께할 그 누구도 없다. 자연은 봄을 맞이하는데 나는 아직도 겨울인 셈이다.

강이 풀리면 배가 오겠지
배가 오면 님도 탔겠지
님은 안 타도 편지야 탔겠지

오늘도 강가서 기다리다 가노라

님이 오시면 이 설움도 풀리지
동지섣달에 얼었던 강물도
제멋에 녹는데 왜 아니 풀릴까
오늘도 강가서 기다리다 가노라

- 김동환, 〈江이 풀리면〉

현대시 김동환의 〈江이 풀리면〉이다. 이 시는 '강이 풀리면 배가 온다' → '배가 오면 임이 탄다' → '임이 못 타면 편지를 보낸다'는 삼단논법식의 추리가 들어맞지 않는 데서 묘한 시적 긴장감이 발생한다. 봄이 오면 강이 제멋에 풀리고, 그 강에 배가 왔는데도 임은 타지 않아서 시인의 설움은 풀리지 않는다는 얘기다. 마치 〈동동〉의 화자가 얼음이 녹으면 혼자만의 설움도 눈 녹듯 사라질 것으로 생각하는 것과 같은 이치다. 그러나 〈동동〉이나 〈江이 풀리면〉의 화자는 기대한 것만큼 낙담의 크기도 더욱 크다. 그렇지만 '강이 풀리면… 결국은 임도 온다'는 지극히 단순한 사실을 믿고 사는 이들에게 사는 일이 다 이런 기다림 속에서 진행된다는 것을 알려주는 것 같다.

〈동동〉의 화자는 2월과 3월의 노래에서 자신이 그리는 임은 만인을 비춰줄 등불, 남이 부러워할 정도로 아름다운 진달래꽃과 같은 자태를 지녔다고 말한다. 실제로 그 임은 녹사벼슬[8]에 불과한 하급 관리인데도 화자의 눈엔 그렇게 보이는 것이다. 제 눈에 안경이라고 했던가. 지위가 중요한 것이 아니다. 화자의 눈에는 임이 그렇게 아름다울 수가 없다. 그런데 마침내 4월이 왔다. 강물이 풀리고 강산은 온통 봄기운으로 가득 차 있다. 꾀꼬리는 여름 철새다. 4월이 온 것을 잊지 않고 꾀꼬리는 옛 나뭇가지를 찾아와 명랑하고 쾌활한 노래를 부르고 있다. 그러나 내가 사랑하는 녹사님은 무슨 일로 나를 잊고서 찾아오지 않느냐는 푸념이다. 그러면서도 오래도록 사시라는 기원을 담아 임에게 약을 바치고(5월) 임과 함께하고자 하는 소원을 빌며(7월), 오직 임과 함께 있어야만 한가위(8월)라고 한다. 화자에게 임이 없는 추석은 의미가 없는 셈이다. 9월에는 산에 올라가 가을 풍경을 보며 사람들과 어울려 국화주를 마신다는 중양절[9]에 집에서 화자 혼자 남아 쓸쓸함을 느끼며 10월에는 화자 자신을 '꺾어서 버린 보리수'[10]에 비유한다. 6월에는 유두날 창포에 머리를 감으며 쓰고 난 뒤 '벼랑에 버린 빗'과 같다며

---

8) 녹사錄事는 고려 때 각 관청에 속한 7~8품 벼슬을 말한다.
9) 중양절은 중국의 전통 풍습이다. 음력 9월 9일이 되면 높은 산봉우리나 누대 위로 올라가 국화주를 마시면서 머리에는 수유茱萸를 꽂고 여러 사람이 어울려 즐겁게 하루를 보내는 절기이다.
10) 원문에는 '브롯'으로 표기되어 있는데, 이를 '보로쇠'(양주동), '보리수'(박병채)로 해석한다. 여기에서는 뽕나뭇과 활엽수의 하나로 알려진 '보리수'라는 해석을 취하기로 한다.

자신을 비하하고 있는 것과 같은 표현이다. 11월에는 추운 겨울, 봉당 자리에 한삼을 덮고 누워 슬픔을 억누르며 고운 임과 함께 있지 않은 설움을 고백한다. 아무리 좋은 잠자리와 침구가 갖추어져 있다 하더라도 혼자 있는 화자에게 그 잠자리는 흙바닥과 홑적삼처럼 차갑고 고독하게 느껴질 따름이다. 봉당 자리가 차가운 곳이라는 점에서 〈만전춘 별사〉의 '얼음 위에 댓잎자리'와 비슷하다.[11] 〈만전춘 별사〉의 공간이 임과 사랑할 수만 있다면 죽음도 불사하겠다는 적극적인 의미를 지닌 동적인 공간이라면 〈동동〉의 자리는 체념과 한탄으로 얼룩진 정적인 공간이다. 그런데 정월부터 11월까지 임을 그리며 자신의 뜻을 이야기하고 있지만 임은 나타나지 않았고, 화자에게 아무런 언질도 주지 않는다. 화자 혼자서만 애가 타서 하는 언사요, 몸짓에 불과하다. 이런 상황에서 11월까지 오게 된 화자가 고독을 뼈저리게 느끼며 새로운 용기를 낸것이 12월의 노래다.

"섣달 분디나무로 깎은

아으 올릴 소반의 젓가락다워라

님의 앞에 들어 가지런히 놓으니

손님이 가져다 치워버립니다"

---

11) 이에 대한 내용은 이 책 〈만전춘 별사〉 참조.

12월에 들어 화자는 자신을 '분디나무로 깎아서 만든 소반 위의 젓가락'으로 비유한다. 젓가락은 한국을 비롯하여 중국, 일본에서도 사용하는 식사 도구로서 세 나라의 문화를 비교할 때 많이 사용된다. 한국인은 젓가락을 예로부터 몸의 일부로 여겼다고 한다. 손가락, 발가락, 머리카락과 같이 '가락'이라는 접미사가 붙은 단어 모두가 공교롭게도 신체의 끄트머리에 있다. 여기에서 젓가락과 숟가락도 신체의 일부로 여겼음을 유추할 수 있다.[12] 이에 대해 이규태는 한국인은 숟가락과 젓가락은 내 것, 네 것을 엄연히 구분해서 사용했다. 내 입에 닿은 물건은 그 쓰는 사람의 심신心身의 연장체延長體로서 인식한 것을 지적하면서 식구食具를 인격화하고 신성하게 여기는 것을 한국인 고유의 문화 행위로 주장하였다.[13] 그런데 고려 시대 무덤에서 대부분 청동제 수저가 발견되었다. 그 중에는 여러 벌의 수저가 나오기도 하는데 대부분 숟가락이 젓가락보다 많았고, 어떤 경우는 아예 젓가락이 없는 경우도 있었다고 한다. 고려 시대나 조선 시대 전기까지는 젓가락을 누구나 일상적으로 쓴 것이 아니라 일부 계층만 사용하였다고 한다. 이는 동일한 묘역에서 숟가락과 젓가락이 동시에 출토되는 분묘는 청동제 합이나 장신구 등 부장품이 풍부한 경우가 많고 청자나 백자 등이 한두

---

12) 김경은, 『한·중·일 밥상문화』, 이가서, 2012, 47쪽.
13) 이규태, 『재미있는 우리의 음식이야기』, 기인원, 1990, 24~25쪽.

점 부장된 경우는 숟가락만 발견된 예가 많은 데에서 추론한 것이다.[14] 젓가락은 국수 등의 면을 먹을 때뿐만 아니라 집어먹을 반찬이나 요리가 여러 가지가 있다는 것을 전제하는 도구이다. 『고려도경高麗圖經』에 "나라 안에는 밀이 적다. 모든 밀은 장사치들이 경동도京東道를 통해 수입하여 면麵 가격이 대단히 비싸므로 큰 잔치가 아니면 쓰지 않는다"[15]라고 기록된 것을 미루어 면을 먹을 수 있는 때는 그리 많지 않았을 것이라 짐작된다. 먹는 것이 다양하지 않았을 서민에게 젓가락은 그다지 유용한 도구가 아니다. 이런 점에서 우리 전통사회에서의 젓가락은 재력의 척도이기도 하다.

그런데 〈동동〉의 12월은 "올릴 소반의 젓가락다워라"라는 표현에서 보듯, 젓가락을 (임에게) 드리는 모습으로 묘사하고 있다. 12월 노래의 표면적인 내용만을 놓고 볼 때, 초반 위에 놓인 젓가락은 상차림할 때, 음식과 함께 놓인 젓가락으로 해석하기 쉽다. 초반 위의 젓가락은 당연히 음식과 관련된 물건이기 때문이다. 그러나 12월에 나오는 '젓가락'은 이런 공식적인 해석만으로는 부족한 점이 있다. 화자는 자신이 초반 위에 놓인 젓가락과 같다고 표현하고 있다. 더욱이 '임의 앞에 가지런히 놓다'라고 한 것으로 보아 젓가락

---

14) 정의도, 「한국고대청동시저연구」, 『석당논총』 38, 동아대 석당전통문화연구원, 2007, 121~122쪽.

15) 『선화봉사고려도경』 권 22, 잡속雜俗 1 - 〈향음鄕飮〉.

이 무언가 다른 용도로 사용되고 있는 것이 아닌가 하는 의구심을 갖게 하기 때문이다.

이와 같은 의구심을 해소하기 위해서는 초반 위에 놓여 있는 젓가락의 의미를 좀 더 폭넓게 이해해야 할 필요가 있다. 앞서도 언급했듯이 젓가락을 두고 우리 선조들은 신체의 일부로 인식했다. 또한, 중국의 풍속이기는 하지만 젓가락에 대한 흥미로운 단서가 있다.

"중국의 거라오족佬佬族의 청혼 습관 중, 남녀 사이에 사랑이 싹트면, 남자는 품에 붉은 종이로 싼 젓가락을 여자 집 객실의 책상 위에 예의 있게 올려놓고 간다. 그러면 신부 집에서 사람을 파견하여 그 집의 정황을 알아 오게 하고 혼인 의사를 결정한다."[16]

인용문에서 보듯, 남성이 청혼의 징표로 젓가락을 여성의 집 책상 위에 올려놓고 가면 여성은 그 젓가락을 통해 청혼 의사를 확인하고 혼인을 결정한다는 것이다. 여기에서 '젓가락을 책상 위에 올려놓는다'라는 것과 〈동동〉에서의 '소반 위의 젓가락으로 임 앞에 가지런히 놓다'라는 표현은 중요한 상관성을 갖는다고 생각된다. 비록 중국 풍속과 달리 젓가락을 내민 주체가 여성이지만 젓가락을

---

16) 주계화周季華, 「중·일 젓가락 습속 비교 연구」, 『국제아세아민속학』 2, 국제아세아민속학회, 1998, 370쪽.

매개로 마음을 전달하는 방법은 서로 맥락을 같이하고 있다. 이것은 여성이 젓가락을 통해 남자의 의중을 살피는 방법을 취하고 있다고 생각한다. 12월령에서야 비로소 화자는 그동안 자신이 품고 있던 마음을 전부 드러낸 것이다. 비록 젓가락을 통해 자신의 마음을 나타내는 것은 소극적으로 보인다. 그러나 화자가 전과 달리 자기 의사표현을 분명하게 했다는 점에서, 적극적으로 애정을 표현하고 있다고 생각한다.

그렇다면 "손님이 가져다 치워버립니다"는 사랑의 징표로 올려진 젓가락이 임의 뜻을 알아보기도 전에 제삼자에 의해서(고의성이 내포되었는가에 대해서는 알 수 없지만) 완전히 무시되고 차단되어 버린 비참한 처지를 나타낸다. 이때, 다른 사람이 남성이라면 임의 곁에서 화자를 위시하여 여성이나 기타의 일을 관리하는 부류로 볼 수 있다. 여성이라면 화자 이외에 임을 좋아하는 사람이라고 상정할 수 있다. 여하튼 다른 사람에 의해 젓가락이 치워지는 것을 보면 그 사람은 화자의 사랑에 장애가 되는 존재이다. 만약 그 사람이 고의성을 가지고 행한 행동이었다면 그 사랑은 더더욱 가망이 없다. 임에게 화자 자신의 사랑을 전하지 못한 것도 불행한 일이지만 더욱이 다른 사람에 의해 사전에 차단되어 버린 처지는 더 비참할 수밖에 없다. 아무튼 12월의 노래는 다른 사람 때문에 화자의 애절한 마음이 임에게 전달되지 못하는 모습을 보여준 것이다.

〈동동〉은 앞서 언급한 것처럼 순환하는 월령체임을 감안한다면 연속된 그리움의 무한 반복을 노래한 것이라고 할 수 있다. 처음 겪게 되는 1년 동안의 화자 마음과 해마다 동일한 과정을 겪을지라도 해를 거듭할수록 느끼게 되는 화자의 감정은 같지 않을 것이다. 이런 점에서 〈동동〉은 자신이 감당해야 할 미래에 대한 설렘, 아쉬움, 닿을 듯 말 듯 한 경계 속에서 혼자만이 안고 감수해내야 하는 고려 여인의 슬픈 자화상을 보여주고 있다고 할 수 있다.

〈동동〉에서 보여 준 화자의 심정과 흡사한 현대 작품으로는 김영랑(1903~1950)의 〈모란이 피기까지는〉을 들 수 있겠다.

모란이 피기까지는
나는 아직 나의 봄을 기다리고 있을 테요
모란이 뚝뚝 떨어져 버린 날
나는 비로소 봄을 여읜 설움에 잠길 테요
오월 어느 날 그 하루 무덥던 날
떨어져 누운 꽃잎마저 시들어 버리고는
천지에 모란은 자취도 없어지고
뻗쳐오르던 내 보람 서운케 무너졌으니
모란이 지고 말면 그뿐 내 한 해는 다 가고 말아
삼백예순날 하냥 섭섭해 우옵네다
모란이 피기까지는
나는 아직 기다리고 있을 테요 찬란한 슬픔의 봄을
                              - 김영랑, 〈모란이 피기까지는〉

1934년 4월『문학文學』3호에 발표된 이 시는 모란이 피기까지의 '기다림'과 모란이 떨어져 버린 뒤의 '절망감'이라는 이중적 갈등을 반복적으로 다루고 있다. 꽃이 피고 지는 소소한 일상을 시인은 허투루 보지 않았다. 기다림이 무산되어 버리는 순간 다가오는 절망감을 '설움'의 감정 속에 농축시킨다. 모란이 피는 모습은 찬란하지만 언젠가 그것이 떨어질 거라는 사실을 알기 때문에 슬프다. 그런데 마지막 행에서 '찬란한 슬픔의 봄'을 기다리겠다는 화자의 의지는 절망을 절망으로 받아들이지 않는다는 점에서 〈동동〉의 화자와 닮았다. 모란꽃이 피기까지 기다리는 그 처연하고 기약 없는 세월을 화자는 묵묵히 감내한다는 것이다. 임이 자신의 마음을 받아줄 때까지 반복되는 그 어떤 시련도 감수하려는 〈동동〉의 화자. 지극한 사랑의 결정체라 할 만하다.

3부
_____

불붙은 정열

불타는 정염情炎, 그 애잔한 여운이
〈만전춘 별사滿殿春別詞〉

1979년 발표된 혜은이의 노래 〈제3한강교〉는 당시 장안의 화제였다. 세계적으로 유행하던 디스코 열풍의 흐름에 맞춘 멜로디로 더욱 사랑을 받았다. 그런데 이 노래는 당시 퇴폐적인 가사가 있다는 이유로 그 부분을 개사해야만 했다. 개사 전과 후의 가사는 아래와 같다.

"어제 처음 만나서 사랑을 하고 우리들은 하나가 되었습니다.
이 밤이 새면은 첫차를 타고 이름 모를 거리로 떠나갈 거예요."
(개사 전)

"어제 다시 만나서 다짐을 하고 우리들은 맹세를 하였습니다.
이 밤이 새면은 첫차를 타고 행복 어린 거리로 떠나갈 거예요."
(개사 후)

개사 전의 가사는 '남녀가 어제 처음 만나서 사랑을 하고 하나가 되었다'인데 이는 '남녀가 어제 다시 만나서 다짐을 하고 맹세를 하였다'로 수정되었다. 또 밤이 지나고 날이 새면 "이름 모를 거리로 떠나갈" 것이 "행복 어린 거리로 떠날" 것으로 바뀌었다. 아마도 '처음 만나 사랑을 하고 하나가 되었다'는 말은 지금의 말로 바꾸면 "원나잇" 곧 "즉석만남"쯤으로 해석이 된다. 이는 하룻밤을 함께 지낸 뒤 미련 없이 각자의 길을 떠난다는 건지 아니면 또 낯선 행선지로 나서야 하는 운명인지는 자세히 알 수 없다. 그리고 만남과 이별의 감정묘사보다 오로지 남녀가 함께 밤을 보냈다는 사실에 초점이 맞춰져 있다. 첫 줄을 이런 식으로 이해한다면 당시의 국민 정서로는 펄쩍 뛸 만도 할 일이다. 더욱이 '이 밤이 새면'이라고 한 것으로 보아 둘은 함께 밤을 지새웠음을 알 수 있고, '이름 모를 거리로 떠난다'고 했으니 도대체 이 두 사람이 갈 향방을 알 수 없을 것으로 생각했을 것이다. 따라서 생각은 끝없이 다른 쪽으로 상상의 날개를 펼쳤을 것으로 짐작된다. 이런 상상력은 미풍양속을 해칠 수 있는 것이라 여겨 개사를 했던 것이다.

불과 40여 년 전에도 남녀 간의 만남을 보는 시각이 이러할진대, 하물며 고려 시대에 이런 식의 내용을 발설한다면 어땠을까? 〈만전춘 별사〉에서 이런 상황을 엿볼 수 있다.

얼음 위에 댓잎 자리 만들어 임과 내가 얼어 죽을망정
얼음 위에 댓잎 자리 만들어 임과 내가 얼어 죽을망정
정 나눈 오늘 밤 더디 새소서 더디 새소서

뒤척뒤척 외로운 침상에 어찌 잠이 오리오
서창을 열어보니 복사꽃 피었도다
복사꽃은 시름없이 봄바람에 웃네 봄바람에 웃네

넋이라도 임과 함께 살고 싶었는데
넋이라도 임과 함께 살고 싶었는데
어기던 이 누구였습니까 누구였습니까

오리야 오리야 어린 비오리야
여울일랑 어디 두고 못沼에 자러 오느냐
못이 얼면 여울도 좋으니 여울도 좋으니

남산에 자리 보아 옥산을 베고 누워
금수산 이불 안에 사향 각시를 안고 누워
약든 가슴을 맞추옵시다 맞추옵시다

아! 임이여 평생토록 여읠 줄 모르고 지냅시다

〈만전춘 별사〉는 〈쌍화점〉과 함께 가장 음란한 노래로 평가받는 작품이다. 1연과 5연에서 직접적으로 언급하고 있는 '잠자리' 장면 때문이다. 과연 이 작품이 음란한 작품일까? 너무 침소봉대針小棒大하는 것은 아닐까? 천천히 살펴보기로 하자.

"얼음 위에 댓잎 자리 만들어 임과 내가 얼어 죽을망정
정 나눈 오늘 밤 더디 새소서"

사랑의 열정이, 에로스의 불길이 이보다 더할 수는 없을 것 같다. 이 정열이면 얼어 죽기는커녕 아무리 두꺼운 얼음판이라도 모조리 녹여버리고야 말 것 같은 느낌이다. 그러면서 '정 나눈 밤'을 지새우면서도 임과 헤어지기 싫어 날이 더디 새기를 바라고 있다. '얼음 위에 댓잎 자리 만들어'라는 말은 임과 함께 있는 환경이 좋지 않다는 비유이고, '임과 내가 얼어 죽을망정'은 임과 함께하면 죽음도 불사하겠다는 극단적인 표현이다. 이처럼 화자가 죽음을 감수하면서까지 임과 함께 있기를 원하는 것에서 화자에게 기대와 소망이 없는 사랑의 절박감이나 불안을 엿볼 수 있다. '정 나눈 오늘 밤'으로 표현된 〈만전춘 별사〉의 사랑은 두 사람이 언제나 함께 있을 수 없는 사실을 전제한다. 죽더라도 좋으니 정을 나눈 오늘 밤이 더디 새라고 기원하는 것 자체가 내일이 없는 불완전한 사랑임을 알 수 있다. 이런 화자의 마음을 조선조의 기녀 황진이黃眞伊(1506~

1567)는 "동짓달 기나긴 밤의 한가운데 허리를 베어 내어 / 봄바람 이불 밑에 서리서리 넣었다가 / 고운 임 오신 날 밤이 되면 굽이굽이 펴리라"라고 노래했다. 아무리 밤이 더디 새기를 기원하거나 동짓 달 긴 밤을 베어 내어 임 오신 날 펼치더라도 아침은 오기 마련이고, 정을 나눈 임은 떠나야 한다. 여기에서 〈만전춘 별사〉의 여인도 임과 떳떳하게 나누는 사랑이 아니다.

　이처럼 임을 떠나보낸 그리움은 복사꽃이 봄바람에 웃는 것과 대비되어 화자의 절실함을 느끼게 하는 것이 2연이다. 새소리를 듣고 새가 '노래하는 것'이 아니라 '울고 있다'고 표현하는 것은 내 마음이 울고 있기 때문에 새소리가 우는 것처럼 들릴 수도 있다. 이런 원리로 임을 떠나보내고 비통한 심정을 갖고 있는 화자의 눈 에 비친 복사꽃은 결코 웃고 있는 모습으로 보일 리가 없다. 그런 데도 이렇게 표현한 것은 봄바람에 즐거운 복사꽃과 혼자 남아 있 는 자신과의 대비를 위함이다. 4연에서 비오리가 여울을 두고 연 못으로 잠을 자러 온다. 화자의 눈에 비친 여울을 버려두고 연못 으로 돌아오는 오리의 모습에서 여울에 지나지 않는 자신의 처지 를 발견한 것이다. 연못은 일관되게 고여있는 물로서 본부인을 상 징한다면 여울은 잠자러 오는 비오리가 잠시 지나치는 일시적 여 인을 빗대었다고 볼 수 있다. 그러나 여울은 늘 흐르는 물이기에 상황이 어떻게 바뀔지 모른다. 자신을 여울이라고 인식하고 있는 화자이고 보면, 본래부터 아내가 있는 사람을 탐하는 것 자체가 언어도단言語道斷이다. '못이 얼면 여울도 좋으니'라는 말은 '못이 얼지 않으면 여울은 좋은 것이 아닐 수도 있다'라는 의미도 동시에 내포한다. 못이 얼었다는 것은 여성으로서의 구실을 못 하거나 두 사람 간의 애정에 문제가 발생한 것으로 해석할 수 있다. 하지만 오리가 여울을 지나쳐 연못으로 가는 것은 당연한 것이지만 그것을 받아들여야 하는 처지가 비참하기만 하다. 그래서 고작 할 수 있는 말이 '연못이 얼면 여울도 좋은데'라고 말하고 있다. 그 목소리 또한 자신감에 차서 외치는 소리가 아니다.

4연까지는 화자가 겪고 있는 현실이다. 그런데 현실에서 이루어질 수 없는 일도 상상 속에서는 가능하다. 자신이 어떤 처지에 놓여 있고 임을 얼마나 기다리고 있는가를 보여주고 싶은 것이 5연과 6연이다. 5연은 앞서 1연에서 보여준 것처럼 '자리 보아', '베고 누워', '안고 누워' 등과 같은 잠자리와 관련된 어휘가 등장한다. 그리고 남산, 옥산, 금수산, 사향 각시 등은 무엇을 지칭하는 것일까? 이와 유사한 표현 방식은 문학작품에서 적지 않게 발견된다. 이규보李奎報(1168~1241)가 쓴 『백운소설』의 "천지로 이불을 삼고 / 강물로 술을 삼아 / 천 일 동안 마시고 마셔 / 취해서 태평 시대를 보내리天地爲衾枕 江河作酒池 願成千日飮 醉過太平時"[1]와 정지상이 노래한 〈장원정〉의 "우뚝 솟은 쌍궐이 강가를 베고 있네 / 맑은 밤에 티끌 한 점

───

1) 이규보, 『백운소설』.

안 이누나岩嶠雙闕枕江濱 淸夜都無一點塵[2] 등에서 '천지를 이불로 삼는다'라거나, '궁궐이 강가를 베고 있다'는 표현에서 남산과 옥산, 금수산의 의미를 이해할 수 있다.

'안고 누워'의 대상으로 "사향 각시"는 사향에 각시가 결합하여 사향을 담은 향랑 주머니를 지칭한다. 더욱이 사향이 이성을 유혹하는 최음제라는 것을 감안할 때, 향랑 주머니를 안고 있다는 것은 사향 주머니에서 흘러나오는 향냄새를 맡고 속히 자신의 곁으로 임이 돌아오기를 바라는 화자의 마음이 담겨있다. 지금까지 임과의 사랑이 비정상적인 관계이고 화자 혼자서 일방적으로 사랑을 하는 상황 때문에 화자의 마음고생이 심했으리라고 추정할 수 있다. 사향 각시가 임을 끌어들이는 묘약이 될 수는 있지만, 그 약이 임을 기다리며 혼자 사는 자신의 마음을 치료해 주지는 못한다. 자신의 허전한 마음을 달래주고 위로해 줄 수 있는 것은 자신의 곁을 떠났던 임이 돌아오면 풀어질 수 있다. 그렇다면 '약든 가슴'이란 사향으로 향기가 나는 '나의 가슴'이라기보다도 나의 마음을 치료하고 위로해 줄 수 있는 '임의 가슴'이라야 한다. 따라서 '약든 가슴을 맞추옵시다'는 곧 임이 내게로 와서 나를 안아주라는 의미로 해석할 수 있다. 그래야 다음 6연에서 영원히 헤어지지 말자는 말과 상통하기 때문이다.

─────

2) 『동문선』제12권.

화자가 늘 만날 수 있고 항상 모실 수 있는 임이라고 한다면, '자리 보아', '베고 누어', '이불 안에', '안아 누워', '가슴을 맞추옵시다'라는 어휘들이 절실하게 나올 이유가 없다. 특히 이 노래의 6연에서 화자는 영원히 임과 헤어지지 않겠다는 '원대평생遠代平生'이라는 어휘를 통해 현재 상황은 이별해 있지만 임에 대한 자신의 태도만큼은 이별이 아니라 화합을 위한 기다림 속에 있음을 보여주고 있다.

1991년에 혜성처럼 나타난 가수 박정수가 불렀던 〈그대 품에서 잠들었으면〉의 "홑이불처럼 사각거리며 / 가슴 저미는 그리움 쌓이고 / 세상이 온통 시들었어도 / 깊고 고요한 그대 품에서 잠들었으면 / 잠시라도 잠들었으면 / 그대 품에서 잠들었으면 / 그대 품에서 잠들었으면"이라는 가사가 〈만전춘 별사〉에서 보여준 화자의 마음이 아니었을까? 다만, 〈만전춘 별사〉의 화자는 임과 영원히 잠들고 싶은 욕망을 원하는 반면 박정수의 노래에는 잠시라도 잠들기를 원하고 있다는 점이 다르다. 그 사람 생각으로 뒤척이며 잠 못 이루는 밤. 부스럭대는 이불 사이로, 밤의 어둠보다 짙은 그리움 때문에 잠에서 깼을 때 가장 먼저 생각나는 사람, 언제 올지 모르는 임을 위해 사향 각시를 안고 이불 안에서 뒤척이는 모습이 아련하게 보이기 때문이다.

백번을 생각해도 가슴에서 털어내 버릴 수 없는 것은 추억일 것이다. 하룻밤의 일일지라도 그것이 정령 아름답게 느껴졌다면 오랜 기억으로 가슴 한 켠에 자리하고 있을 것이다. 〈만전춘 별사〉의 화자는 정 둔 하룻밤의 추억을 오래도록 간직하며 그 임과의 재회를 꿈꾼다. 이들은 그 짧은 시간에 무슨 이야기를 나누었을까? 1985년 해오라기가 불렀던 〈사랑은 받는 것이 아니라면서〉에서 그 단서를 찾을 수 있지 않을까?

언젠가 당신이 말했었지
혼자 남았다고 느껴질 때
추억을 생각하라 그랬지
누구나 외로운 거라 하면서
그리고 이런 말도 했었지
지난날이 자꾸 떠오르면
애쓰며 잊으려 하지 말랬지
사랑은 받는 것이 아니라면서

단 한 번 스쳐간 얼굴이지만
내 마음 흔들리는 갈대처럼
순간을 영원으로 생각했다면
이렇게 간직하진 못했겠지
정녕 난 잊지 않으리
순간에서 영원까지
언제나 간직하리라

아름다운 그대 모습

… (중략) …
당신은 내게 들려 주었지
진정한 사랑을 하고 싶다면
오로지 주려고만 하랬지
사랑은 받는 것이 아니라면서
사랑은 받는 것이 아니라면서
사랑은 받는 것이 아니라면서

- 방진규 작사·작곡, 〈사랑은 받는 것이 아니라면서〉(1986)

혼자 남았다고 느껴질 때 추억을 생각하라고, 지난날이 떠오를 때면 굳이 그 사실을 잊으려 하지 말라고, 진정한 사랑은 받는 것이 아니고 주는 것이라고. 이는 상대에게 내가 얼마나 사랑을 받는가 보다 내가 가리지 않고 내 마음의 전부를 상대에게 준다는 의미이다. 그런데 우리에겐 '주다give' 하면 먼저 떠오르는 것은 'give and take' 이다. '주는 것은 내 의지대로 할 수 있는데 '받다take'는 그럴 수 없다. 상대가 주어야 받을 수 있기 때문이다. 사랑도 마찬가지다. 그러니 결국 내가 할 수 있는 것은 '주는 것'밖에 없다. 하지만 많은 사람이 이처럼 주게 되면 그만큼 많은 사람에게 '받을' 기회가 만들어질 수 있다. 물론 이것은 두 사람의 주고받는 관계가 아닌 여러 사람 사이에 순환으로 일어날 수도 있다. 내가 주지 않은 사람에게서 받을 수도 있다는 뜻이 될 수 있다. 아마도 노랫말 속의 임은 이런 의미로 화자에게 말하지 않았을까 생각해 본다. 단 한 번 스쳐 간 얼굴이지만 임에 대한 사랑의 순간만을 기억하려는 마음이었다면 그 임을 오래도록 기억하지 못했을 것이다. 오직 주는 사랑에 집중했기 때문에 화자는 절대로 그대를 잊지 않을 것이라고 다짐하고 있는 것이다.

이런 사랑 앞에 또 다른 연가戀歌가 있다.

얼음우에 댓닢자리 보아

님과 나와 얼어 죽으려고

한겨울 이 밤 더디 새라 했더니

그리하여 가슴 저리는 사랑노래

애절한 꿈으로 하나 남기려 했더니

아서라 말어라

때는 바야흐로 지구 온난화시대

거대한 그 온실 안에서는

아무 데도 얼음이 얼지 않는구나

아희야 댓닢자리 치워라

님과 나와 택시 잡아타고

포근한 러브호텔 침대로 가리니

                              – 이형기, 〈신만전춘〉

위의 시는 〈만전춘 별사〉 1연을 패러디한 작품이다. 화자는 얼음 위에서 뜨겁고 강렬한 사랑을 꿈꾸고 있기 때문이다. 그런데 6행의 "아서라 말어라"에서 시상이 바뀐다. 가슴 저리는 사랑 노래를 애절한 꿈으로 남기려고까지 했던 화자에게 놓인 현실은 원하는 대로 되지 않는다. 지구 온난화 시대, 얼음이 얼지 않는 온실같은 현재에서 더 이상 뜨겁고 강렬한 사랑은 시도할 수 없다는 현실을 자각했기 때문이다. 따라서 화자는 "아희야 댓닢자리 치워라"며 가슴이 저리는 사랑을 포기한다. "포근한 러브호텔 침대"의 자리는 얼음 위의 댓잎 자리에서 느낄 수 있는 강렬한 사랑을 포근한 러브호텔로 대신하며 사랑의 다른 방법을 선택한다. 먼 옛날 고려조의 여인이 임과 하룻밤의 추억을 안타깝게 지키고자 했던 애절한 이야기가 오늘의 시인에게는 뜨겁고 강렬한 사랑의 노래로 탈바꿈한다. 시대가 바뀌면서 전날의 그 애틋한 사랑을 실현할 수 없는 아쉬움을 말하기도 한다. 하지만 사랑의 표현 방법도 변해간다. 누군가에겐 가슴 저민 이야기가 누군가에겐 아름다운 추억으로 기억될 수 있다. 누군가에겐 일상이 다른 누군가에겐 강렬한 소망이 된다는 사실을 고려가요 〈만전춘 별사〉는 알게 한다.

솟구치는 욕망을 주체할 수 없어라
〈쌍화점雙花店〉

 2008년 12월 말에 '쌍화점'이라는 제목으로 영화 한 편이 개봉되었다. 이 영화는 고려가요 〈쌍화점〉의 제목을 그대로 차용하여 유하 감독이 제작하였다. 고려 시대에 불리던 〈쌍화점〉은 충렬왕忠烈王(1236~1308, 재위 1274~1308) 때로 알려져 있는데, 영화는 고려 말 공민왕恭愍王(재위 1351~1374)을 배경으로 하였다. 공민왕 재위 시절 존재했다는 특별관청인 자제위子弟衛[3]를 모티프로 한다. 영화 개봉 당시 조인성, 주진모, 송지효라는 매력적인 배우들의 출연과 함께 금기된 사랑이라는 소재와 자극적인 성애性愛 장면으로 제작 단계부터 화제를 모았다. 현대 대중의 관심을 끌기 위해 동성애라는 소재를 차용하였다. 유하 감독은 한 잡지에서 "우연히 『고려사절요』를 보다가 공민왕 이야기를 만났다. 고려를 무너뜨리고 새 왕조를 만든 조선에 의해 많이 왜곡되긴 했지만 공민왕은

---

3) 공민왕은 1372년 자제위를 설치하여 젊고 외모가 잘생긴 청년을 뽑아 이곳에 두고, 좌우에서 시중을 들게 하는 한편, 김경흥으로 하여금 이들을 총괄하도록 했다. 이때 홍륜, 한안, 권진, 홍관, 노선 등의 미남들이 왕의 총애를 받았다고 『고려사』에는 전한다.

실제로 트랜스젠더였다. 여장도 하고, 남의 성관계를 엿보기도 했다. 그리고 귀족 자제들을 꾸려서 자제위라는 친위부대를 만들었는데 그들과 남색을 즐기기도 했다. 결국 공민왕은 홍륜이라는 인물에 의해 난자당해서 죽는다. 거기에서 아이디어가 떠올랐다"[4]며 영화를 제작하게 된 배경을 설명한 바 있다. 또 유 감독은 〈쌍화점〉이라는 고려가요를 궁중에서 왕이 직접 부르기도 했다는 것을 알고 "이런 음탕한 가사의 노래를 왕이 불렀다니 충격이더라. 그런 고려의 도덕적 패러다임을 상징적으로 보여주고 싶어서 제목도 그렇게 붙였다"고 했다. 왕과 측근 신하들의 성적인 문란함, 가사의 음탕함, 퇴폐적 궁중의 연회 현장에 대한 기록 등으로 음란하고 외설적인 이미지를 지닌 고려가요 〈쌍화점〉의 제목을 그대로 가져옴으로써 고려 말의 도덕적 패러다임을 상징적으로 보여주려 했다고 주장한다.

그렇다면 유하 감독이 영화의 제목으로까지 차용한 실제 고려가요 〈쌍화점〉의 세계로 들어가 보자.

쌍화점(만두집)에 쌍화(만두) 사러 갔더니만
회회(몽고인)아비 내 손목을 쥐었어요.

---

4) 유하, 「처음으로 사극 선보인 유하 감독 인터뷰, "이야기의 끝까지 가보고 싶었다"」, 『시네21』, 2009.1.1.

이 말씀(소문)이 가게 밖에 나며 들며 하면
다로러거디러
조그마한 새끼 광대 네 말이라 하리라.
더러둥셩 다리러디러 다리러디러 다로러거디러 다로러
그 자리에 나도 자러 가리라.
위 위 다로러 거디러 다로러
그 잔 데 같이 난잡한 곳이 없다.

삼장사에 불을 켜러 갔더니만
그 절 지주 내 손목을 쥐었어요.
이 말씀(소문)이 이 절 밖에 나며 들며 하면
다로러거디러
조그마한 새끼 상좌 네 말이라 하리라.
더러둥셩 다리러디러 다리러디러 다로러거디러 다로러
그 자리에 나도 자러 가리라.
위 위 다로러거디러 다로러
그 잔 데 같이 난잡한 곳이 없다.

두레 우물에 물을 길러 갔더니만
우물 용이 내 손목을 쥐었어요.
이 말씀(소문)이 우물 밖에 나며 들며 하면
다로러거디러
조그마한 두레박아 네 말이라 하리라.
더러둥셩 다리러디러 다리러디러 다로러거디러 다로러

그 자리에 나도 자러 가리라.
위 위 다로러거디러 다로러
그 잔 데 같이 난잡한 곳이 없다.

술 파는 집에 술을 사러 갔더니만
그 집 아비 내 손목을 쥐었어요.
이 말씀(소문)이 이 집 밖에 나며 들며 하면
다로러거디러
조그마한 술 바가지야 네 말이라 하리라.
더러둥셩 다리러디러 다리러디러 다로러거디러 다로러
그 자리에 나도 자러 가리라.
위 위 다로러거디러 다로러
그 잔 데 같이 난잡한 곳이 없다.

이렇게 9행을 1개 연으로 하는 노래가 4개 연으로 이루어진 이 노래는 『고려사』 「악지」에 〈쌍화점〉의 2연에 해당하는 것이 "삼장三藏"이라는 제목으로 한역되어 있고, 노래의 생성과 관련된 기록문이 남아있다. 다음은 관련된 기록문이다.

"삼장사三藏寺에 등불을 켜러 갔더니
사주社主가 내 손을 움켜쥐더이다.
혹시라도 이 말이 절 밖으로 나간다면
상좌上座에게 바로 네가 한 말이라고 말을 하리라.

뱀이 용의 꼬리를 물고서

태산 봉우리를 지나갔다고 들었네.

수많은 사람이 각각 한마디씩 한다 해도

짐작하는 것은 두 사람의 마음에 달렸으리.

위의 〈삼장三藏과 사룡蛇龍〉 두 노래는 충렬왕忠烈王 시대에 지어진 것이다. 왕이 군소群小를 가까이하고 연회 즐기기를 좋아하니, 행신倖臣 오기吳祈·김원상金元祥과 내료內僚 석천보石天補·석천경石天卿 등이 음악과 여색女色으로 아첨하기에만 힘써서 관현방管絃房과 태악太樂의 재인才人이 부족하다고 생각하여 여러 도道에 행신을 보내서 관기官妓 가운데 자색과 기예가 있는 자를 선발하였다. 또 도성 안에서 관비官婢와 무당 가운데 가무를 잘하는 자를 뽑아서 궁중의 장부에 등록하고는, 비단옷을 입히고 말총갓을 씌워 특별히 한 무대舞隊를 만들어 남장男粧이라 부르면서, 이 노래들을 교육하고 검열하여 군소들과 더불어 밤낮으로 노래하고 춤추면서 무례하고 방자히 굴어 군신의 예의를 회복하지 못하였으며, 접대하고 내려 주는 비용을 이루 기록할 수 없었다."

— 『고려사』 권 71, 「악지」, 〈삼장〉, 〈사룡〉

위의 기록문을 보면, 〈삼장〉과 〈사룡〉이 충렬왕 시대에 창작되었다고 한다. 〈사룡〉은 훗날 사설시조로 전승되는데, 〈삼장〉은 〈쌍화점〉의 제2연에 해당한다. 『고려사』 편찬자가 〈쌍화점〉에서 2연만 기록한 것인지, 아니면 〈삼장〉이 전하여지다가 후에 다른 연들을 추가로 만들었는지는 아직 확실하지 않다. 그런데도 〈삼장〉이『고려사』에 실려있는 것으로 보아 〈쌍화점〉도 충렬왕 때의 것으로 추정하고 있다.

그렇다면 충렬왕은 누구인가? 고려 25대 보위에 오른 충렬왕은 원 황실과 처음으로 통혼한 고려왕으로서 원 세조 쿠빌라이의 사위이다.[5] 그가 재위하는 동안에는 몽골의 보호 아래 있었기 때문에 국방에 대한 걱정이 없었다. 그래서인지 왕은 왕후의 만류와 신료들의 충간도 무시하고 사냥에 광적으로 탐닉하는가 하면 격구擊毬 관람을 비롯하여 잡희를 즐겼던 일도 빼놓을 수 없다. 또한 시도 때도 없이 향연의 자리를 마련하여 음주 가무와 호색에 빠진 일은 방탕한 생활의 단면을 보여준 예이다. 『고려사』에 기록으로 남아 있는 연회만도 100회를 상회하고 있으니 소소한 잔치와 놀이판이 얼마나 되었는지 헤아릴 수 없다. 오죽해야 왕의 행적을 기록한 사신이 "동궁東宮에 있던 시절에 비록 전고典故를 밝게 익히며 독서하여 대의大義를 알았다고 하더라도 과연 무슨 소용이 있었는가? 아아! 시작을 잘하고 끝도 좋은 이는 드물다는 것이 충렬왕을 가리키는 말이 아니겠는가?"라고 한탄하는 것에서 그의 인물됨을 알

<hr />

5) 몽골 침략 후 충렬왕의 부친인 원종元宗(재위 1260~1274)은 왕권 강화를 위해 원나라에 통혼을 요청하였고, 충렬왕은 연경(지금의 북경)에 들어가 세조의 딸인 홀도로게리미실 공주(장목황후 또는 제국대장공주)와 혼인하였다. 충렬왕 이후로 고려왕의 묘호廟號는 조祖나 종宗과 같은 묘호를 사용하지 못하고, 충忠이라는 돌림자를 사용해야 했으며 결국 원제국의 부마국으로 전락하였다.

수 있다.

또 "왕이 수강궁壽康宮으로 행차하자 석천보 등은 궁궐 곁에 장막을 치고 각자 이름난 기생과 사통하고 밤낮으로 가무를 즐겼다. 그 모양이 더럽고 추악하여 군신의 예를 회복할 수 없었고 경비와 상금으로 나가는 비용이 헤아릴 수 없을 정도였다"(『고려사』권125 「열전」권 38, 〈오잠〉)라는 기록에서 방탕한 놀이에 빠진 충렬왕과 곁에 있던 무리들의 행위가 얼마나 외설스럽고 음탕했는지 짐작할 수 있다. 이러한 임금의 패행적 향연에서 불렸던 노래가 〈쌍화점〉이다.

〈쌍화점〉은 총 4개 연으로 되어 있으나 장소와 인물만 다를 뿐 각 연의 내용과 구조가 동일하다. 여기서 다른 뜻을 찾을 수 없는 '여음'이라고 할 수 있는 4행, 6행, 8행을 제외하면 〈쌍화점〉은 각 연이 총 6행으로 구성된다. 이를 다시 의미가 있는 내용만을 중심으로 그 틀을 도식화하면 다음과 같다.

A에 B하러 갔더니만
C가 내 손목을 쥐었어요
이 말씀이 A 밖에 나며 들며 하면
조그마한 D 네 말이라 하리라
그 자리에 나도 자러 가리라
그 잔 데 같이 난갑한 곳이 없다

A에 해당하는 것이 쌍화점(1연), 삼장사(2연), 두레 우물(3연), 술집(4연)이라면 B는 각 연마다 쌍화(만두)를 사러, 촛불을 켜러, 물 길으러, 술 사러가 된다. C도 회회아비, 사주, 우물 용(준수한 나그네), 술집 주인을 지칭한다면 D는 새끼 광대, 새끼 상좌, 두레 박, 술 바가지를 말한다. 1연에서 회회回回는 중국 옥문관玉門關 밖의 위구르족(회回, 또는 회골回鶻)과 서역西域, 아라비아(대식국大食國)를 지칭하는 접두사이다. 아비는 남자를 가리키는 접미사이다. 이슬 람인이나 아라비아 상인은 신라 때부터 우리와 해상교역을 하였고, 아라비아 상인 100여 명이 고려 현종 때 토산물을 바칠 정도로 고려 와 국제적인 교류를 맺고 있었다. 이 노래가 불리던 충렬왕 당시에 도 회회인이 신궁의 낙성식 때 연회를 베풀었다는 기록이 있는 것으로 보아 회회아비는 당시에 고려에 와서 만두가게를 열었던 서역계 의 남자로 볼 수 있다. 요즘 식으로 말하면 스타벅스 가게의 서양인 점주라고 할 수 있다. 그곳에 만두를 사러 갔는데, 점주가 손님의 손목을 잡는 사건이 발생한다. 요즘으로 따지면 성희롱이고 자신의 의사에 반하는 성폭행 사건이다.

7080세대들은 '손목을 잡는다'는 내용을 노랫말에서 보았던 경 험이 있을 것이다. 몇 해 전에 작고한 방송인 겸 DJ 이종환이 작사 한 〈얼간이 짝사랑〉이라는 노래이다.

옛날에 한 옛날에 얼간이가 살았는데

동네 아가씨를 짝사랑했더래요

어느 날 그 아가씨 우물가에 앉았는데

얼간이가 다가와서 손목을 잡았더래요

어머어머 이러지 마세요

우리 엄마 보시면 큰일이 나요

어 왜 이러세요. 이 손 놓으세요

… (후략) …

– 이종환 작사·김홍경 작곡, 〈얼간이 짝사랑〉 (1975)

노랫말 속 얼간이는 됨됨이가 변변하지 못하고 덜된 사람이라
는 뜻을 가지고 있지만, 여기서 '얼간이'라는 표현은 사내를 낮추
어 부른 것으로 보인다. 이런 '얼간이'가 동네 짝사랑한 아가씨를
우물가에서 손목을 잡았고, 손목 잡힌 아가씨는 엄마가 보면 큰일
난다며 이를 뿌리치려는 장면을 포착하고 있다. 그러나 이 노래에
등장하는 동네 아가씨는 얼간이가 자기 손목 잡는 것이 그렇게 싫
지 않은 모양이다. '엄마가 보시면 큰일이 나요'라는 말은 엄마가
알게 될까봐 걱정인 상황을 말하고 있는 듯하지만 자신의 속마음
은 그렇지 않을 수도 있다. 2절의 마지막 부분에 "그래서 둘이는
저 푸른 초원 위에 / 그림 같은 집을 짓고 행복하게 살았더래요"라
고 하고 있으며 노랫말과 함께 들리는 곡이 경쾌하기 때문이다.

『고려사』에도 '손목 잡힌 사건'을 기술하고 있다. 「악지」의 〈제

위보濟危寶〉에는 부인이 죄를 짓고 제위보에서 부역을 하던 중 어떤 사람에게 손을 잡혔는데 그 수치를 씻을 길이 없어 이 노래를 지어 자기를 원망하였다고 한다. 손을 잡힌 것을 두고 '부인은 수치를 씻을 길이 없다며 자신을 원망한다'는 내용을 보면 고려 당시 여인들의 내면세계를 살펴볼 수 있다. 그런데 이를 이제현은 「악지」의 기사 내용과는 다르게 부재不在하는 임을 향한 애틋한 연모의 정을 그리고 있는 것으로 번역하여 같은 곳에 한시("빨래하던 시냇가 버드나무 아래서 / 말 탄 임과 손잡고 정을 속삭여 / 처마 끝에 주룩주룩 석 달 장마도 / 내 손끝의 임의 향기 씻지 못해요浣沙溪上傍垂楊 執手論心白馬郎 縱有連簷三月雨 指頭何忍洗餘香")를 싣고 있다.

그런데 〈쌍화점〉의 여인(화자)은 이들 부류와 너무 다르다. 5행에서 "그 자리에 나도 자러 가리라"에서 "자리"라는 어휘가 있는 것으로 보아 A에서 화자가 손목 잡힌 행위는 단순히 C가 자기 손목을 잡았다는 것을 말하는 것이 아니라 '성적性的인 관계'를 은유적으로 표현한 진술임을 알 수 있다. 이런 성적 관계로 인식할 수 있는 손목 잡힌 행위는 표면적인 진술만을 두고 볼 때 회회아비[C]의 일방적인 폭력행사로써 화자가 C에게 성폭행을 당한 것처럼 그려지고 있다. 이처럼 원하지 않던 부적절한 관계를 진술하는 화자가 이런 상황을 너무도 담담한 어조로 표현하는 것이 의아할 정도다. 그러면서 내뱉는 말은 3행의 진술에서 보듯 자신이 겪었을 사건을 "이 말씀"이라고 객관화하고 있다. 그리고 이 말이 쌍화점[A] 밖에 소문이 난다면 이는 새끼 광대[D]가 옮긴 것이라며 일방적으로 D에게 책임을 전가한다. 여기에서 〈쌍화점〉에 나타난 소문의 진원지는 외부에서가 아닌, 사건의 당사자인 화자의 발화에서 시작되었음을 알 수 있다. 4행의 "네 말이라 하리라"를 "네가 소문을 낸 것으로 알겠다"로 해석한다면 화자의 진술로 미루어 공적인 지위를 가진 C와 부적절한 애정의 비밀을 지키고자 하는 화자가 자신이 겪은 사건이 밖으로 소문나는 것을 꺼려 D를 입단속하는 것처럼 보인다. 그런데 3~4행에서 화자의 진술은 소문이 날까 봐 걱정하는 말투지만 실은 은근히 그 일을 드러내고픈 마음으로 자랑삼아 공개하는 것인지, 아니면 그것이 소문으로 퍼질까 봐 노심초사하고 그것을 사전에 막으려고 단속하는 것인지 단정 짓기 어렵다. 이는 둘 중 하나이거나 아니면 둘 다를 포함한 이중적 심리로 해석할 수 있기 때문이다.

또한, 1~4행의 진술로 보아 D가 그 사건을 목격한 것처럼 보이지만, D가 그 사건을 목격하지 않았을 경우도 가정해 볼 수 있다. D가 목격했다면 4행은 앞서 언급한 것처럼 화자가 D를 두고 입단속을 하는 협박일 수 있다. 그러나 D가 실제로 그 사건을 목격하지 못했다면 1~2행의 화자의 진술은 오히려 의도하지 않은 채 새로운 이야기를 D에게 전달하는 형국이다. 따라서 D의 목격 여부에 따라 D가 소문을 퍼트리는 매개자가 될 수 있고, 아니면 소문을 유출하는 자가 화자 자신일 수도 있다. 또한 5~6행의 진술자가 제1여인(화자)이나 제2여인(화자가 아닌 다른 여인)일 경우와 D로 보는 경우에 따라 소문의 향배는 상당히 다르게 작용할 수 있다. 소문은 사람들의 흥미에 따라 유통 여부가 결정되기에 소문의 생산자는 효과적인 전달을 위해 다양한 방법을 시도할 수 있기 때문이다.

두 사람 사이가 건전한 관계라 할지라도 성적인 행위는 밖으로 발설할 수 없는 은밀한 일이다. 그런데 이들이 불륜관계라면 당사자는 오히려 자신의 행위를 더욱 감춰야 하는 상황이다. 하지만 〈쌍화점〉의 화자는 이러한 상식을 벗어난다. 자신의 행위가 A 밖에 새나간다면 모든 책임은 D에게 있다며 철저하게 책임을 전가하고 있다. 4행까지의 진술로 〈쌍화점〉의 이야기가 끝났다면 화자와 C의 행위는 A 안에서만 존재하여 조용히 마무리될 수 있는 사건이다. 그런데 5행 이하의 진술이 등장하면서 소문은 화자의 의도 여부와 무관하게 외부로 급속하게 퍼졌음을 알 수 있다. 이때 5행 이하 진술의 주체에 따라 소문의 향방이 사뭇 다르게 전개되는 것도 〈쌍화점〉을 이해하는 데 흥미로운 부분이다.

먼저 5행의 진술이 제2여인이고 6행의 진술도 제2여인이라고 가정할 경우이다. 5행이 제2여인의 진술이라면 자신과 C와의 사건이 화자의 의도와는 다르게 이미 공공연한 스캔들로 확산되었음을 의미한다. 나아가 "A에 가면 C와 관계를 맺는다"는 소문이 외부에 널리 퍼졌음을 알 수 있다. 소문은 "검증되지 않은 중요한 정보를 전달"한다고 볼 때, 제2여인이 5행의 진술을 했다는 것은 소문의 신속성과 파장을 엿볼 수 있는 중요한 부분이라고 할 수 있다. 더욱이 6행의 진술주체도 제2여인이라고 한다면 좋고 나쁨을 떠나 C와의 사건은 화자만이 아니라 누구나 알 수 있는 공공연한 사실로 변모되었음을 말해 준다.

이에 반해 5행의 진술이 제2여인이고 6행의 진술이 제1여인이라고 가정할 경우이다. 5행까지는 화자와 C와의 사건이 제2여인까지 알려진 것이고, 그 소문을 듣고 제2여인이 A라는 곳에 가고자 하는 욕망을 나타낸 것이다. 그러나 6행은 그 소식을 듣고 화자가 C와의 관계를 맺는 것은 절대 좋지 않다며 제2여인을 그곳에서 벗어나게 하는 역할을 한다. 이는 화자가 자신이 경험한 결과를 제2여인에게 전해줌으로써 자신과 같은 상처를 입지 말도록 하는 진정한 충고라고 할 수 있다. 그런데 다른 한편으로는 제1여인이 오직 자신만이 C와의 밀회를 즐기려는 술책으로도 읽을 수 있다. 이는 앞서 화자가 C에게 손목을 잡힌 사건을 두고 담담하게 "이 말씀"이라고 지칭하는 진술 태도나 〈쌍화점〉이 1연으로만 끝나는 것이 아니라 2~4연까지 이어지고 있고, 거기에 참여한 화자가 각각 다른 사람이 아닌 1연의 화자 혼자라고 본다면 제2여인을 위한 발언으로 보기에는 화자의 태도에서 진정성이 드러나지 않기 때문이다.

마지막으로 5~6행의 진술자를 D라고 간주할 경우다. D가 "그 자리에 나도 자러 가리라"라고 했다면 "그 자리"란 C와 관계 맺고 있는 현장을 지칭한 것이므로 거기에 자신도 함께 끼어들겠다는 의지로도 해석할 수 있다. 그러면 남녀 간 1:1의 관계가 아니라 거기에 자신마저 끼어들어 2:1의 관계를 형성함으로써, 그야말로 난잡한 지경으로 몰아가는 형국이 된다. 더욱이 6행의 "그 잔 데 같이 난잡한 곳이 없다"고 진술하는 것은 D가 A에서 지내면서 C가 성적 일탈을 하는 장면을 수없이 목격한 자로서의 발언이라는 점에서 누구의 진술보다도 신빙성 있다고 보인다.

〈쌍화점〉은 이 노래를 창작하고 유포했던 당사자의 입장에서 살펴본다면, 1차적으로 당대 민중들의 욕망을 〈쌍화점〉이라는 이야기를 통해서 외부로 전달하고 있다. 2차적으로는 그 이야기 안에는 소문의 발화자인 화자와 목격자인 D와 제2여인의 진술들을 통해 성적 일탈행위를 두고 이를 긍정적으로 인식하는 모습까지 보여준다는 사실이다. 이로써 이 노래는 앞서 〈정과정〉에서 보여준 외부에서의 소문과 달리 작품 속에서 이중적인 소문의 효과를 나타내고 있다고 할 수 있다.

흥미롭게도 회회아비와 통정했던 쌍화점의 여인은 장소를 삼장사와 술집, 우물가로 이동한다. 삼장사三藏寺[6]라는 고유명사가 2연에 나오지만, 삼장사는 특정한 사찰을 지칭한 것이 아니라 일종의

---

6) 삼장사는 신라 말에 통효국사通曉國師 범일梵日(810~889)이 창건한 사찰이다. 초기의 사찰 이름은 죽장사竹藏寺였는데, 고려 시대에 관음사觀音寺로 변경되었다고 한다. 공민왕 때의 문인 정추鄭樞가 지은 시에 절 이름이 언급되고 있어 고려 말까지도 사찰이 존재했음을 확인할 수 있다.

제유提喩로 쓰인 것이다. 당시에 귀족 부인뿐만 아니라 서민층 부녀까지 절을 찾아 공덕을 빈 것과 이 노래가 서민들 사이에서 불리던 것이 궁중으로 유입된 것을 고려하면 2연은 당시 승려들의 세속화와 도덕적 타락이 빈번하게 일어나는 현상을 보여준 것이라 할 수 있다. 삼장사를 향해 간 제1여인은 절의 사주인 주지와 통정을 맺으러 가는 것이고, 이를 1연의 쌍화점에서와 동일한 방법으로 연출하였다. 이어 술집과 우물가로 이어지는 그 여인은 장소를 옮겨가면서 성적 욕망의 강도와 주도권의 세기를 더욱 강하게 몰아붙이고 있다. 이런 여인에게서는 성도덕이나 정조 관념을 찾아보기가 어렵다. 지금까지 정황으로 보아 오히려 이 여인이 먼저 남정네를 유혹했을 가능성이 더 크다.

이렇게 이 노래를 해석한다면 오늘날의 관점에서 보아도 참으로 음탕한 노랫말이고 대중 앞에 내놓고 부를 만한 노래가 아니다. 그런데 음침한 곳, 혹은 저급한 술자리에서나 부를 법한 이런 노래를 충렬왕을 위시하여 신료들이 궁중악으로 함께 즐겼다는 것은 당대 궁중의 성적 타락이 어느 정도인지 짐작할 만하다. 더욱이 기록에서 보았듯 궁궐의 '남장'한 예인들에게 이 노래를 가창하게 한 것을 고려한다면, 왕을 비롯하여 〈쌍화점〉 가무의 놀이판에 동석한 신료들도 때에 따라서는 노래를 부르는 기녀와 춤을 추는 무녀들과 뒤엉켜서 에로틱한 장면을 연출하며 즐겼을 것으로 유추할 수 있다. 이런 가무는 궁중의 정상적인 유희와는 다르게 파격적이었고 향락적인 색채가 강한 공연이었을 것이다.

이 노래는 고려를 지나 조선조 민간에까지도 유출되어 일부 사대부 계층의 유흥 자리에 올랐다는 기록까지 전한다.[7] 이는 도덕성을 그렇게 강조했던 사대부 계층들의 유흥공간에서 이 노래가 불릴 정도였다니, 그렇게 '남녀상열지사'라 하여 고려 시대 노래를 음탕한 노래로 치부하며 배척했던 그들도 내면의 성적 욕망은 억누를 수 없었음을 시인한 것이라고 할 수 있다.

〈쌍화점〉을 두고 이희중은 다음과 같이 현대시 〈카페 쌍화점에서 – 낮은 시대는 낮은 노래를 키운다〉로 변용하였다.

아무도 사랑의 빛깔을 믿지 않는다
오로지 붉은 서로의 몸을 보고 싶을 뿐
뜨거운 땀과 입김 속에서
손목과 가슴과 더 부드러운 몸을 오래 붙잡고 싶을 뿐
그 속에 깊이 몸을 숨기고 싶을 뿐
은밀한 눈빛을 준비하지 않았다면 그대는
절대로 이 카페에 들어올 수 없다네
아침은 지난밤의 모든 일을 지워주지

---

7) 1561년경에 쓰인 〈서어부가후書漁父歌後〉에서 퇴계 이황李滉(1501~1570)이 "사람들은 〈쌍화점〉을 들으면 '수무족도手舞足蹈'할 정도로 좋아한다"(『퇴계선생문집』권 43)고 한 기록이 보인다.

자고 난 자리를 돌아보지 말 것

기억은 일종의 고질, 영원히 이어질 뿐인 지금

내일은 더 이상 없으므로

내일을 위해 오늘을 포기할 수는 없다네

기우는 세상, 구르는 사람, 자취 없는 사랑이여

밤마다 하수도가 넘치는 시대에는

끝없이 오늘의 담배를 피워야 하고

자욱한 연기 속 어딘가 있을

오늘의 짝을 찾을 뿐, 단지 오늘만을 위해 붉은 몸을 가진 그

어쨌든 시간이 흐른다는 것은

얼마나 다행스러운가 또 새로운 오늘 밤이 기다린다네

아직도 잃을 것이 있는 그대는

절대로 이 카페에 들어올 수 없지

기우는 시대에는 함께 기울기

어두운 시대에는 함께 어둡기

쌍화를 팔지 않는 카페, 그러나

스스로 쌍화가 될 사람들, 이윽고

축축한 시대에 뿌리를 내리고 피운 붉은 꽃들

깃처럼 가벼운 육체만이 꽃이 될 수 있다네

그러나 기억하라

어두운 시대는 어두운 삶을 낳는 법

어두운 삶은 어두운 노래를 낳는 법

오늘이 이토록 어두웠음을

낮아서 낮아서 기쁠 수밖에 없었음을

　고려가요 〈쌍화점〉에서는 쌍화점, 삼장사, 우물, 술집 네 개의 장소가 등장하는데 쌍화점을 '쌍화를 파는 가게'라고 설정하고 있다. 반면 〈카페 쌍화점에서〉에서는 쌍화점을 '카페'로 설정하고 있다. 즉, 쌍화점이라는 이름만 차용했을 뿐 고전시가 〈쌍화점〉과는 다른 장소를 시의 배경으로 나타낸 것이다.

　고려가요 〈쌍화점〉에서는 여자로 설정되어 있는 시적 화자가 연을 거듭하면서 자신의 성적 욕망을 더욱 드러내고, 새로운 사람을 만나 자신의 욕망을 해소할 수 있을 것이라는 기대하에 장소를 옮기며 성행위를 지속한다. 또한 목격자를 통해 성행위의 소문을 확대 조장하고 성적 야합의 장소를 한 곳에서 여러 곳으로 확산시키면서 자신의 성적 이탈의 행위를 정당화한다. 즉, 성적 욕망의 표출, 해소, 확산을 주 내용으로 다루고 있다. 반면, 현대시 〈카페 쌍화점에서〉의 화자는 자신의 실제 행위를 묘사하기보다는 관찰자의 입장에서 정보를 전달하고 있으며, 잘못된 성적 욕망의 추구를 풍자하고 있다. 화자는 오직 찰나적인 쾌락만을 추구하기 위해서 몸과 몸이 뒤엉키는 것으로 끝나는 현대의 에로티시즘을 나타냄과 동시에 이를 비판하고 있다. 즉, 이 노래는 축축한 시대에서만 피우는 악의 붉은 꽃들, 개인의 모든 것을 상실한 꽃들이 카페에 모여 가볍기 짝이 없는 성교에 탐닉하는 모습을 나타내고 있는 이러한 사태를 통찰하고 고발한다.

작가는 시를 변용함으로써 우리 사회에 만연화된 성행위와 성도덕의 부재를 심각한 목소리로 설명하고 있다. 현대인은 개인의 가치를 상실한 채 찰나의 쾌락과 배설의 욕정만을 추구한다. 그러나 더욱 놀라운 점은 대부분 대중들이 이러한 점을 일상적인 일로 치부한다는 것이다. 그들에게 있어 만연한 성행위와 성도덕의 부재는 더 이상 충격적인 일이 아니다. 이처럼 현대인의 무딘 현실 인식이 위험 수위를 넘긴 지는 오래되었다.

〈쌍화점〉. 고려를 지나 오늘날까지 이어져 온 그 생명력은 이 작품이 고려 시대 어느 여인의 개인적 일탈에 대한 단순한 기록이 아님을 웅변한다. 이 작품에서 절제하지 못하는 한 여인의 성적 욕망은 부끄러움과 수치를 깨닫지 못하는 어리석음을 나타내기도 한다. 그러나 오히려 노래를 듣는 사람들에게 성적 욕구를 자극하는 원초적 자극제가 되기도 한다. 특히 이 노래가 궁중음악으로 편입되었다는 것에서 당시 정치 현실을 볼 수 있으며 삶의 가치와 질서가 얼마나 무너졌는가를 짐작하게 한다.

처용! 전염병을 노래와 춤으로 다스리다
〈처용가處容歌〉

　　최근 몇 해 동안 온 지구촌이 신종 바이러스 코로나19COVID 19
로 몸살을 앓았다. 지난 2019년 12월 중국 후베이성 우한시에서
처음 발견된 이래, 알파·베타·감마와 같은 변이를 거듭하며 오미
크론까지 진화했었다. 처음 코로나가 국내에서 발생했을 때만 해
도 사스·메르스 등의 전염병을 겪었던 우리의 경험치로 볼 때, 한
두 달 머물다 끝나겠지 하는 정도였다. 학교에서도 이런 경험을
처음 겪는 일이라 2020년도 1학기 개강을 앞두고 어떻게 해야 할
지 몰라 난감해했다. 결국, 그때부터 온라인 수업을 진행하게 되었
다. 당시에 온라인 강의는 사이버대학이나 중·고생과 취업준비생
을 상대로 한 인터넷 강의 정도가 전부였다. 그런데 코로나로 인해
모두가 학교에 갈 수 없는 처지라서 학교마다 온라인으로 수업을
진행했다. 나 또한 첫 학기에는 온라인 플랫폼platform을 익혀야 했
고, 이를 활용하여 수업을 하는 데 여간 애를 먹은 것이 아니었다.
이런 현상은 모든 산업 전반으로 확산되었다. 직장에서도 재택근
무가 일상화되는가 하면, 온라인 시장이 폭발적으로 확대되었다.
코로나는 우리의 일상을 완전히 바꾸어 놓았고, 온라인 산업 발전

을 급속하게 앞당겼다고 해도 과언이 아니다.

코로나 때문에 정부가 전 국민을 상대로 거리 두기와 집합금지령을 내리자, 가장 눈에 띈 것은 사람들이 모일 수 없다는 것이다. 여느 때 같으면 벚꽃이 만개한 곳에는 어김없이 청춘남녀는 물론 남녀노소 할 것 없이 상춘객들로 북적거릴 텐데, 온 국민들은 집에서 TV 화면을 통해서나 아름다운 장면을 보아야만 했다. 코로나 감염 환자가 늘어날수록 정부의 거리 두기는 더 강화되어 어느 곳에도 사람들이 모일 수 없었다. 그런데 그 빈자리를 채우는 존재가 있었다. 사람들이 누리던 일상의 행복을 즐기는 존재가 바로 코로나 바이러스였다. 사람들은 집이나 건물 등에 갇혀있는 데 반해 바이러스는 금지된 곳이 없이 활개 치며 활보하고 있었다.

코로나 바이러스로 인한 이 같은 상황은 먼 옛날 신라 시대에도 있었다. 이는 우리에게 많이 알려진 〈처용가〉와 관련된 이야기이다. 이 노래는 신라 헌강왕憲康王(재위 875~886) 때 처용이 지었다는 8구체 향가로서 『삼국유사』 권 2 〈처용랑 망해사處容郞望海寺〉에 관련 설화와 더불어 원문이 실려 있다. 고려 시대에는 신라 때 처용이 지은 향가를 발전시켜 처용의 모습과 역신에 대한 부분을 자세하게 묘사한 노래로 변용되었다. '나례儺禮(음력 섣달 그믐날 밤에 궁중이나 민가에서 악귀를 쫓기 위해 베풀던 의식)'에서 처용가면處容假面을 쓰고 춤출 때 이 노래를 불렀다고 한다.

처용이 누구인가에 대해서는 다양한 견해가 있다. 대개 『삼국유사』에서 나온 기록문과 대내외의 시대 상황을 통해 유추하여 처용을 '지방 호족의 아들', '이슬람 상인', '호국호법룡의 불교와 상관 있는 인물', '무격巫覡', '미륵신앙을 갖고 있는 화랑' 등으로 해석하고 있다. 그런데 일반 독자들은 '처용 설화'에 등장하는 역신을 단순히 처용의 아내를 흠모하여 처용이 없는 틈을 이용해 그 아내를 강제로 겁탈하려 한 남정네 정도로 이해하고 있다. 따라서 〈처용가〉 하면 불륜의 이야기를 노래한 것으로 생각한다. 더욱이 집에 돌아와 역신이 자신의 부인과 야합하는 장면을 목격한 처용의 행동을 두고 처용의 혈액형까지 찾아보기도 한다. 그 내용을 보면 이렇다. 1번, 처용이 O형이라면 불문곡직 앞뒤를 가리지 않고 몽둥이를 휘두르며 방안으로 돌진한다. 2번, A형이라면 문고리를 잡고 떨다가 자책하며 운다. 3번, B형이라면 이성적으로 판단해 조용히 휴대전화를 들어 포도청에 전화한다. 4번, AB형이라면 문 창호지에 구멍을 뚫고 몰래 훔쳐본다. '본디 내 것이지만 빼앗긴 것을 어찌하리오'라고 노래하며 덩실덩실 춤을 춘 처용이니 네 문항 중 마땅한 답이 없다. 굳이 고른다면 고통스러운 상황을 쾌락의 감정으로 반대 전환한 AB형이 아니었을까 생각해 보는 것이다.

그런데 우리가 분명하게 알아두어야 할 것은 처용 설화는 사악한 귀신을 물리치고 복을 비는 굿과 연결된다는 사실이다. 처용 설화 이후 처용 놀이는 줄곧 굿으로서의 기능을 가졌기 때문이다. 고려 시대에는 신격의 가면을 쓴 처용이 역신의 가면을 쓴 사람을 물리치는 과정을 행동으로 보여 주는 굿이 나라의 안녕을 비는 국가적 행사로 치러지기도 하였다. 조선 시대 궁중무에서 처용 가무를 채택하여 행해진 것도 전 왕조와 크게 다르지 않았다는 이유다. 따라서 지금까지 일반 독자에게 알려진 처용과 〈처용가〉에 대해 다른 각도에서 살펴보고자 한다. 다음은 『삼국유사』에 실려 있는 설화이다.

제49대 헌강대왕憲康大王 때는 경사京師에서 해내海內에 이르기까지 집과 담장이 연이어져 있었으며, 초가집은 하나도 없었다. 풍악과 노래 소리가 길에 끊이지 않았고, 바람과 비는 철마다 순조로웠다. 이때에 대왕이 개운포開雲浦 학성鶴城의 서남쪽에 있으며, 지금의 울주蔚州에 나가 놀다가 바야흐로 돌아가려 했다. 낮에 물가에서 쉬는데 갑자기 구름과 안개가 자욱해져 길을 잃게 되었다. 왕은 괴이하게 여겨 좌우에게 물으니 일관日官이 아뢰기를, "이것은 동해 용의 조화이오니 마땅히 좋은 일을 행하시어 이를 풀어야 될 것입니다"라고 하였다. 이에 유사有司에게 칙명을 내려 용을 위해 그 근처에 절을 세우도록 했다. 왕령이 내려지자 구름이 개고 안개가 흩어졌다. 이로 말미암아 개운포라고 이름하였다. 동해의 용은 기뻐하여 이에 일곱 아들을 거느리고 왕 앞에 나타나 왕의 덕을 찬양하여 춤을 추며 풍악을 연주하였다. 그중 한 아들이 왕의 수레를 따라 서울로 들어와 정사를 도왔는데 이름은 처용處容이라 했다. 왕이 아름다운 여인을 처용에게 아내로 주어 그의 마음을 사로잡기 위해 급간의 벼슬을 내렸다. 그 처가 매우 아름다워 역신이 그녀를 흠모해 사람으로 변하여 밤에 그 집에 가서 몰래 함께 잤다. 처용이 밖에서 집에 돌아와 잠자리에 두 사람이 있는 것을 보고, 이에 노래를 부르고 춤을 추며 물러났다. 노래는 이렇다.

동경 밝은 달에
밤들어 노니다가
집에 들어와 자리를 보니
다리가 넷이러라
둘은 내 것이고
둘은 뉘 것인고
본디 내 것이지만
빼앗긴 것을 어찌하리오

이때에 역신이 형체를 드러내어 (처용) 앞에 무릎을 꿇고 말하기를, "제가 공의 아내를 탐내어 지금 그녀를 범했습니다. 공이 이를 보고도 노여움을 나타내지 않으니 감동하여 아름답게 여기는 바입니다. 맹세코 지금 이후로는 공의 형용形容을 그린 것만 보아도 그 문에 들어가지 않겠습니다"라고 하였다. 이로 인해 나라 사람들이 처용의 형상을 문에 붙여서 사귀를 물리치고 경사를 맞아들이게 되었다.

— 『삼국유사』 권 2, 「기이」 2, 〈처용랑 망해사〉

처용이 누구인가는 잠시 접어두고, 기록문을 살펴보면 "왕이 아름다운 여인을 처용에게 아내로 주어 그의 마음을 사로잡기 위해 급간級干의 벼슬을 내렸다"라는 문맥으로 볼 때 헌강왕 쪽에서 처용을 등용하는 데 더 적극적이었음을 알 수 있다. 신라 17관등 중 9등급에 해당하는 '급간'이라는 벼슬은 왕족인 진골과 신라 최고의 귀족층인 6두품만이 오를 수 있는 관직이다. 이런 관직을 외래인에게 주었다는 것은 파격적이며 그만큼 처용의 능력이 절실했던 것을 알 수 있다. 그 아내는 아름다워 역신마저 흠모했다고 하니 그 미모가

『악학궤범』에 수록된 '처용'의 형상

자못 빼어났을 것으로 짐작된다. 신라 시대 서울이 경주이고 보면, 처용은 경주 사람이 아닌 다른 지역 사람으로서 왕에게 총애받는 사람이라고 할 수 있다. 그런데 "그 처가 매우 아름다워 역신이 그녀를 흠모해 사람으로 변하여 밤에 그 집에 가서 몰래 함께 잤다"라는 기록문에서 보듯 처용에게 난처한 일이 벌어진다. "처용이 밖에서 집에 돌아와 잠자리에 두 사람이 있는 것을 보고, 이에 노래를 부르고 춤을 추며 물러났다"라는 장면에서 일반 독자들이 처용을 두고 '자기 아내를 제대로 지키지도 못한 무책임한 남자'쯤으로 이해를 해도 무리가 없을 것이다. 하지만 이는 "역신이 그녀를 흠모해 사람으로 변하여"라는 내용을 무시하고 사람들에게 역병疫病을 옮기는 귀신 곧 역신을 '일반 사람'으로 생각했을 때 이야기이다. 그런데 〈처용가〉는 처용의 처와 간통하고 있는 대상이 '역신'이라는 사실을 간과해서는 안 된다. 처용은 '그녀를 흠모해 사람으로 변'한 역신을

발견한 것이다. 바로 역신의 모습을 육안으로 본 남자가 처용이다.[8] 신의 강림을 눈으로 볼 수 있는 사람이라면 그는 범박한 사람이 아니라 당시 상황으로 볼 때 무당으로 생각해야 한다.

자신의 아내를 범한 역신의 행위를 보고 처용은 〈처용가〉를 부르고 춤추며 물러 나왔다. 역신은 처용이 그 상황에서 당연히 화를 내고 자신을 겁박할 것으로 예상했지만 처용의 행동은 의외였다. 이런 처용의 행위를 두고 관용의 절정을 보여주었다거나 표현은 유화적이지만 〈처용가〉의 7~8구인 "본디는 내 것이지만 / 빼앗긴 것을 어찌하리오"라는 말 속에는 호통과 질책의 표현이 들어있다고 보는 견해도 있다. 그런데 무속에서는 질병을 치유하는 방법 중 축원이나 협박이 아닌 유화적인 방법이 있다고 한다. 두창痘瘡 곧 '천연두' 혹은 '마마신'이라고 불리는 '두신痘神'은 "일정기간 동안 환자의 몸을 지나가는 것으로 여겼기 때문에 이 기간 동안 두신의 노여움을 사지 않아야 살 수 있다고 생각해서 두신에게는 지극한 정성으로 정중히 대했다"[9]고 한다. 내가 어렸을 때도 아이들의 얼

---

8) 처용 설화를 한 폭의 그림에 압축한 것과 같은 그림이 당대 이라크의 풍속도에도 등장한다고 한다. 이 풍속도를 두고, 이도흠은 "이 그림을 보면 여자 역신이 남자 인간을 범하고 있다. 남자와 여자를 뒤바꿔 놓으면 그대로 처용 설화를 그림으로 형상화한 것이다. 당대 이슬람인 또한 병에 걸리는 것을 역신이 인간을 범하는 것으로 판단하고 이에 대한 대응으로 역신을 쫓는 행위를 했음을 알 수 있다"고 했다. 이도흠, 「처용가의 화쟁기호학적 연구」, 『한국학논집』 24, 한양대 한국학연구소, 1994, 40쪽.

굴에 붉은 반점이나 종기 등이 생기면 어른들은 마마가 오는 것이 아닌가 하며 매우 조심스럽게 아이의 얼굴을 대하던 기억이 있다. 그만큼 의학이 발달하지 못했던 당시에서는 전염병이 무섭지만 인간의 노력으로는 아무런 방법이 없으므로 그저 조용히 지나가기를 바란 것이라고 할 수 있다.

처용이 〈처용가〉를 부르며 춤을 추는 행위를 보고 역신은 형체를 드러내고 처용 앞에 무릎을 꿇고 말하기를, "제가 공의 아내를 탐내어 지금 그녀를 범했습니다. 공이 이를 보고도 노여움을 나타내지 않으니 감동하여 아름답게 여기는 바입니다. 맹세코 지금 이후로는 공의 형용形容을 그린 것만 보아도 그 문에 들어가지 않겠습니다"라고 한 것으로 미루어 역신은 처용의 인격적 관용의 덕에 감동하여 스스로 물러난 것이고, 향후 처용의 형상만 보아도 절대로 나타나지 않겠다고 다짐하게 된 것을 알 수 있다. 신라 시대에 처용의 형상을 이용하여 사악한 것을 물리친다는 '벽사辟邪의 행위'는 헌강왕 때 처용의 사건을 들었던 사람들로부터 비롯되었을 것으로 추정된다. 다만 이에 대해 당대에 전하는 문헌이 없어서 확인할 수 없지만, 고려조와 조선조의 문헌을 통해 간접적으로 알 수 있다. 이곡李穀(1298~1351)은 〈정중부(정포)가 지은 〈울주팔영〉에 차운하며 지

---

9) 김옥주, 「조선 말기 두창의 유행과 민간의 대응」, 『醫史學』 2-1, 대한의사학회, 1993, 38쪽.

은 개운포〈次鄭仲孚蔚州八詠 - 開運浦〉에서 "아득한 신라 때 두 선옹 / 일찍이 그림 속에서 보았네依俙羅代兩仙翁 曾見畵圖中"라면서 문첩신門帖神으로서의 처용을 묘사했다면, 김종직金宗直(1431~1492)은 〈개운포에서 두 수를 노래하다 중 처용암開雲浦二詠 處容巖〉에서 "지금도 그 문지방 위에는 / 어슴푸레 그 모습이 뵈는 듯하네至今門閫上, 仿佛看遺容"라면서 처용암에서 문득 신라 처용의 형상을 회상하며 문첩신 처용을 떠올리고 있다. 성현成俔(1439~1504)은 여러 번에 걸쳐서 문첩신 처용과 관련한 사실을 밝히고 있다. 아예 제목부터 〈처용〉이라고 지칭하고, "신라의 지난 일 구름 같아 / 신물(처용)은 한번 간 후 돌아오질 않네 / 신라 때부터 지금에 이르도록 / 다투어 그 얼굴을 꾸미고 그리네 / 사귀를 물리쳐 질병을 미리 막으려고 / 해마다 설날이면 문 위에 붙인다네鷄林往事雲冥濛, 神物一去無回蹤, 自從新羅到今日, 爭加粉藻圖其容, 擬辟祓邪無疾苦, 年年元日帖門戶"라고 하거나 〈섣달 그믐날 밤 2수除夕 二首〉에서 "어린아이는 거리에서 소리 지르고 / 도성인들은 밤놀이를 하는구나 / 대문에는 울루 자를 써서 붙이고 / 창문에는 처용의 머리 걸어두었네 / 역귀는 몰아내면 가겠지마는 / 시마는 쫓아내도 눌러앉으니 / 시를 짓는 기능이 아직도 남아 / 시구를 맞추느라 고심하누나辰子喧閭巷, 都人作夜遊, 門排鬱壘字, 窓帖處容頭, 疫鬼驅將去, 詩魔逐復留, 技能猶尙在, 覓句未綏憂"라고 하였다. 『용재총화』에서도 "이른 아침에 그림을 그려 문호에 붙이는데, 그 그림은 처용의 얼굴이나 각귀·종규와 같은 귀신의 얼굴이나 복건을 쓴 관인·투구와 갑옷을 입은 장군이나 진보를 받든 부인이나 닭·호랑이를 그린 그림 따위를 붙였다滿晨附畵物於門戸窓扉 如處容角鬼鐘馗 幞頭官人 介胄將軍 擎珍寶婦人畵鷄畵虎之類也"며, 문첩신 처용과 관련한 사실을 기술하고 있다.

신라 시대의 문첩신으로서의 처용의 형상은 기독교식으로 말하면 '어린양의 피'라고 할 수 있다. 모세가 애굽에 있는 이스라엘의 백성을 가나안땅으로 데려가기 위해 애굽 왕 바로와 단판을 지을 때 야훼 하나님이 사용하던 방법이다. 『성서』에 따르면 '천사들이 양의 피가 발라져 있는 집은 들어가지 않았고, 피가 없는 애굽인의 집마다 들어가 사람과 짐승의 처음 난 것들을 다 죽였다'(『출애굽기』12장)고 한다. 이날 밤 양의 피가 이스라엘을 구원했다고 하여, 대대로 그날을 지켜 온 것이 기독교에서 말하는 유월절의 유래가 되었다. 유월절 어린양의 피로 생명을 구한 것이 신라 시대 사람들이 처용의 형상을 문에 걸어놓아 역신을 막았다는 것과 유사하다는 것이 흥미롭다.

그런데 처용이 행한 노래와 춤 중에서 노래(가사)는 춤(처용무)에 비해 전승되었다는 기록이 거의 없다. 고려조의 기록으로는 이숭인李崇仁(1347~1392)의 〈11월 17일 밤 공익의 신라 처용가를 들으니 성조가 비장하여 사람의 마음에 감회를 불러일으킨다十一月十七日夜聽公益新羅處容歌聲調悲壯令人有感〉에서만 보일 뿐이다. 제목에서 보듯, 이 작품은 처용무가 아닌 〈처용가〉에 대한 기록임을 알 수 있다. 이숭인은 이 노래가 옛 악보에 전해져 내려온다는 사실과 당시의 기상을 연상케 한다고 묘사하고 있다. 그리고 공익이 부르고 있는 〈처용가〉를 들으니 성조가 비장하여 감회를 일으킨다고 했다. 〈처용가〉와 같은 다른 방증 기록이 발견되면 모르겠지만, 현재까지 이숭인의 기록만을 놓고 볼 때, 신라 〈처용가〉는 역신을 쫓으려는 주술적인 노래라기보다는 역신 앞에 놓인 자기의 아내와 이를 지켜보며 어찌할 수 없는 참담한 심정을 담은 노래라고 할 수 있다. 이는 처용이 무당이고 역신을 퇴치하는 방법으로 노래(〈처용가〉)와 춤(처용무)을 추었다는 것을 인식하지 않았다고 보인다. 그렇다면, 처용이 불렀다는 원래의 〈처용가〉는 벽사의 의미를 담은 무가로서 전승되기보다는 한 개인의 안타까운 심정을 담은 노래로만 알려진 것은 아닐까 하는 추정을 해볼 수 있다. 이처럼 이숭인의 작품에서는 〈처용가〉와 관련한 정황만을 보여주고 있다면 고려조에 창작된 〈고려 처용가〉에는 8구로 된 원래의 〈처용가〉 끝의 7~8구를 제외한 1~6구까지가 그대로 삽입되어 전한다. 이때 삽입된 〈처용가〉 또한 주술적인 의미를 수용했다기보다는 역병이 옮겨지는 현장을 과거의 사실을 인용하여 전하고 있다. 그만큼 신라 〈처용가〉는 무격 처용의 의도와는 다르게 전승된 것으로 보인다. 고려와 조선조에도 노랫말보다는 처용이 춘 춤 곧 '처용무'만 이어졌다.

다음은 〈처용가〉를 현대적으로 변용한 박제천의 작품이다.

김홍도, 〈평양감사향연도〉에 나오는 '처용무' 장면

그는 서역西城사람입니다 동방東方에 가면 한몫 쥔다는 소리에 배를 탔습니다 험한 뱃길이 고비를 넘겼다 싶을 즈음 안개에 휩싸여 조난을 당했습니다 깨어나 보니 후미진 갯벌에 배는 얹혀 있고 일행은 거우 여덟 명만 살아 남았습니다 이윽고 원주민들이 몰려와 그들을 에워쌌으므로 겁이 나고 두려움에 떨면서도 음악을 연주하고 춤을 추어 보였습니다 사람들은 그들이 바다 밑에서 온 것으로 여겼습니다 먹을거리를 주고 부서진 배도 손질해 주더니 바다로 돌아가라고 하였습니다 다만 한 사람, 일행 중에 가장 젊었던 그를 볼모로 삼았습니다 사람들은 그를 용왕龍王의 아들로 받들었으며 벼슬과 여자를 주었습니다 이판사판 사람이 사는 세상인데 어딘들 어떠랴 마음을 굳혔지만 아무것도 그리울 게 없을 고향 생각에 시름이 겨운 것은 어쩔 수 없어 술에 취해 지내는 나날이었습니다 그런 어느 날 밤 이슥히 술에 취해 집으로 돌아왔던 그는 못 볼 꼴을 보고 말았습니다 아름다운 그의 아내가 외간 남자와 한데 엉겨 붙고 있었던겁니다 하지만 어차피 꿈속에서 사는

터 까짓것 오쟁이를 지면 어떠랴 사람 사는 세상은 똑같구나 에라 춤이나
추고 노래나 부르자 남은 술기운에 부추겨 그는 춤추며 노래 부르면서 어디론
가 사라져 갔습니다 사람들은 그가 분명 바다로 되돌아갔다고 여겼습니다
그로부터 사람들은 집집마다 그의 화상畵像을 그려 붙여 잡귀雜鬼를 막고자
했습니다 이렇게 해서 신神이 된 한 사내의 이야기를 떠올리다 보니 저절로
쓴웃음을 짓게 됩니다 처용處容이여 그대는 어떤가

— 박제천, 〈처용〉

시의 주된 뜻은 〈처용가〉의 주인공이자 지은이인 처용의 정체를
제시하는 데 있다. 시인은 아라비아 내지 페르시아계 사람일 것이
라고 학계에서 제기된 논의를 수용하고 있다.[10] 논의에 따르면, 이
이야기는 서역 상인의 표착 전설인바 그 배경이 되는 개운포가 국제
항으로서 차지하는 위상과 사료에 기재된 인물의 용모와 착의로
볼 때 처용은 필시 이슬람계 실재 인물로 추정된다는 것이다. 시의
첫머리를 "그는 서역 사람입니다"라고 단언한 것은 시인이 이상의
논의를 전적으로 수긍하고 있기 때문이다. 또한 시인은 처용을 '별
것도 아닌 존재'라고 인식한다. 그리고 처용 설화는 사람들이 과장
해 놓은 것이며 꾸며낸 이야기에 불과하다는 것이다. 아내와의 불
륜 장면을 보고서 이방인의 신세를 한탄하며 어디론가 사라져 버렸

---

10) 이용범, 「처용설화의 일고찰 – 당대(唐代) 이슬람 상인과 신라」, 『진단학보』 32,
진단학회, 1969.

음이 분명한데, 사람들이 이를 미화시켜 문첩신으로 만들었다고 생각한다. 화자는 '쓴웃음'을 지으면서, "처용이여 그대는 어떤가"라고 처용의 생각을 묻는다. 박노준은 이를 두고 "처용이야말로 그가 당한 실상을 제대로 꿰뚫고 있는 당사자 – 그가 이 이야기를 들으면 포복절도할 것이 분명하다는 함의가 단문에 내포되어 있다"[11]고 한다.

나는 오늘도 달빛 되어
그대의 뜨락에 내려앉는다.
그대의 방.
오늘도 불 꺼져 있으므로
다만 그대의 뜨락 서성이는
나의 이 면구스러움.

오늘도 그대 어둠의 역신疫神에게
무참히 능욕당하며, 더 많은 어둠
꿈꾸고 있나니,
그대 오늘도 황홀한 어둠이 되어
관능의 숲.

11) 박노준, 「향가(鄕歌), 그 현대시(現代詩)로의 변용(Ⅱ)–「처용가(處容歌)」등 5편을 중심으로」, 『민족문학사연구』 15, 민족문학사학회, 1999, 186쪽.

은밀히 떨어져 반짝이는 별
꿈꾸고 있나니.

오늘도 달빛이 되어
그대의 뜨락
다만 서성이는 이 면구스러움.
이 밤 나는,
가장 처절히 꿈꾸는
욕망의 포로가 된다.

- 윤석산, 〈처용의 노래〉

윤석산의 〈처용의 노래〉는 작품 제목과 '역신疫神'이라는 시어로 인해 '처용 설화'를 차용한 것임을 알 수 있다. '그대'는 '처용의 아내'가 되고, 시적 화자인 '나'는 '처용'이 된다. 시의 내용을 온통 '아내'의 불 꺼진 방 앞을 서성이는 '처용'의 독백으로 채웠다. '처용'과 '처용 아내'의 행동이 원전의 〈처용가〉와 변별성을 지닌다. 시에서의 처용은 아내의 부정을 관망한다. 처용의 아내가 어둠의 역신에게 무참히 능욕당하면서도 더 많은 어둠(음욕)을 꿈꾸고 있다고 서술한다. 통간通姦의 원인이 역신에게 있는 것이 아니라 아내의 황홀한 꿈 때문이라고 규정한다. 더욱이 이 장면을 목도하는 처용 또한 자신을 부끄럽게 생각한다. 그것은 아내를 구하지 못한 자괴감에서가 아니라 자신 또한 아내처럼 황홀한 욕망을 꿈꾸고 있다는 사실 때문이다. 시인은 '인고행忍苦行', '벽사진경辟邪進慶'의 상징적 인물인 처용을 부정하고 아내의 그릇된 행위 앞에서 '우유부단한 햄릿적 욕망의 인물'[12]로 창조하고 있다는 점에서 원전과 차이를 둔다.

시볼 불긔 드래 밤드리 노니다가
드러사 자리 보곤 가르리 네히어라
둘흔 내해엇고 둘흔 뉘해언고
본디 내해다마른 아사늘 엇디ᄒ릿고

노래를 불러라, 춤을 추어라
내가 나를 사랑하여 돌아서거라
노래를 불러라, 춤을 추어라
내가 나를 사랑하여 돌아서거라
노래를 불러라, 춤을 추어라
슬픔을 감추고 눈을 감아라

내 아픔을 아는 이는 나뿐이리니

시볼 불긔 드래 밤드리 노니다가
드러사 자리 보곤 가르리 네히어라

---

12) 오정국, 「한국현대시의 설화수용양상 연구」, 중앙대 박사학위논문, 2002, 124쪽.

둘흔 내해엇고 둘흔 뉘해언고
본더 내해다마론 아사놀 엇디ᄒ릿고

노래를 불러라, 춤을 추어라
내 마음의 문을 열고 들어서거라
노래를 불러라, 춤을 추어라
내 마음의 문을 열고 들어서거라
노래를 불러라, 춤을 추어라
노여워 말아라, 눈을 감아라

내 심사를 아는 이는 나뿐이리니
　　　　- 이을수 작사·김정선 작곡, 〈처용가 (처용의 슬픔)〉(1987)

지난 1987년 그룹 송골매가 부른 〈처용가〉이다. 4행까지는 신라
〈처용가〉를 그대로 가지고 왔다. '처용의 슬픔'이라는 부제로 인해,
이 노래의 주지ᄂᆞᆫ '처용' 개인의 슬픈 이야기임을 분명히 하고
있다. 이 또한 역신을 외간 남자로 인식하고, 이 사람과 자신의
아내와의 동침 장면을 본 처용에게 외면할 것을 권유하는 형태로
표현한다. 처용 자신을 위해 아내의 불륜에 눈을 감고 노래와 춤으
로 극복하라고 권한다.

"내 마음의 문을 열고 들어서거라"는 상한 마음에 내 노래와 춤이
들어와 잊게 해달라는 절규이다. 결국, 이 노래 또한 처용 설화를

한 개인의 가슴 아픈 이야기로 인식하고, 처용의 마음을 형상화하였다고 할 수 있다.

『삼국유사』에 실린 '처용 설화'의 이야기는 '헌강왕 때의 풍요로운 사회상', '동해 용과 처용을 비롯한 신들의 출현', '마침내 나라가 망함'이라는 구조로 기술되어 있다. 따라서 처용 이야기는 어느 한 가지 방식으로 해석하기에는 한계가 있다. 전승된 처용의 이야기는 시대와 사람에 따라 다르게 해석되고 향유되었다. 그것이 오늘에도 끊임없이 불리고 새롭게 재창작되고 있다. 그런데 아쉬운 점은 대개 처용 설화에 나오는 역신과 처용 아내와의 동침 장면에만 초점을 두고 처용을 불륜의 현장에 대응하는 나약한 사나이쯤으로 인식하고 있다는 점이다. 〈처용가〉를 다양한 관점에서 살펴보는 것이 필요하다. 온 세계가 '코로나19'라는 바이러스 병원체를 두고 대응하는 일련의 모습에서 역신을 노래와 춤으로 퇴치하던 무격 처용의 모습이 겹쳐 보이는 것은 지나친 비약일까?

아스라한 절벽 끝에 숨어 있는 향기를 찾아서
〈헌화가獻花歌〉

　지난 1998년 6월 15일 밤, 소들을 태운 트럭 50대가 서산 농장을 떠나 260km 거리에 있는 판문점으로 출발했다. 현대그룹 창업자인 고故 정주영 회장의 오랜 꿈이 실현된 날이었다. 정 회장은 당시 방북을 앞두고 소감문에서 "강원도 통천의 가난한 농부의 아들로 태어나 청운의 꿈을 안고 가출할 때 아버지의 소 판 돈 70원을 가지고 집을 나섰다. 그 후 긴 세월 동안 묵묵히 일을 잘하고 참을성 있는 소를 성실과 부지런함의 상징으로 삼고 인생을 걸어왔다"고 밝히며 "이제 그 한 마리의 소가 천 마리가 되어 꿈에 그리던 고향 산천을 찾아간다"며 심경을 드러냈다. 정 회장은 팔순의 노구를 이끌고 군사경계선을 두 발로 걸어서 넘었다. 소 떼를 실은 트럭 역시 군사분계선을 넘어서 무사히 북한에 도착했다.

　이런 장면을 TV로 보면서 순간 신라 시대 〈헌화가〉에서 나오는 백발노인이 천 길 낭떠러지 벼랑에 핀 꽃을 꺾어다가 수로부인에게 전하는 모습이 떠올랐다. 신라 시대의 노인이 소를 몸소 끌고 가는 모습이 소를 트럭에 싣고 가는 것으로 바뀌었을 뿐 소를 데리고 가는 두 노인의 모습이 매우 흡사하게 느껴졌기 때문이다. 도

1998년 정주영 회장은 500마리 소 떼를 싣고 북한을 방문함으로써 남북 교류의 물꼬를 텄다. (출처: 연합뉴스)

대체 신라 시대의 〈헌화가〉는 어떤 노래일까?

"자줏빛 바윗가에
잡은 암소 놓게 하시고
나를 부끄러워하지 않으신다면
꽃을 꺾어 바치오리다"

고등학교 교과서에도 실려있는 작품이다. 제목 그대로 꽃을 바치며 부르는 노래라는 '헌화가'는 오늘날에도 선남선녀들이 사랑을 고백할 때면 어김없이 등장하는 레퍼토리이다. 죽을힘을 다해 꺾어온 꽃과 가게에서 쉽게 구한 꽃은 비교할 수 없을 만큼 큰 차이가 있다. 그러나 사랑하는 연인에게 아름다운 꽃을 한 아름 안겨주며 고백하는 말 "사랑해!"는 현대판 '헌화가'인 셈이다. 그 어떤 말보다도 "사랑해!"라는 말은 힘이 있다.

『삼국유사』에 실린 〈헌화가〉는 남편인 순정공이 강릉 태수로 부임할 때 동행한 수로부인의 이야기에서 다음과 같이 전한다.

성덕왕聖德王 때 순정공純貞公이 강릉江陵 지금의 명주溟州 태수太守로 부임하는 길에 바닷가에서 점심을 먹었다. 그 곁에는 바위 봉우리가 병풍과 같이 바다를 둘러 있고, 높이가 천 길이나 되고, 그 위에는 철쭉꽃이 활짝 피어 있었다. 공의 부인 수로水路가 그것을 보고 좌우 사람들에게 말하기를, "저 꽃을 꺾어다 줄 사람은 없는가?"라고 하였다. 그러나 종자들이 말하기를, "사람의 발길이 닿기 어려운 곳입니다"라고 하면서 모두 사양하였다. 그 곁으로 한 늙은이가 암소를 끌고 지나가다가 부인의 말을 듣고 그 꽃을 꺾어와 또한 가사를 지어 바쳤다. 그 늙은이는 어떤 사람인지 알 수 없었다.

- 『삼국유사』, 〈수로부인〉

위 내용에 따르면 신라 시대, 암소를 끌고 지나던 한 노인이 절세미인 수로부인에게 꽃을 선사하며 〈헌화가〉를 불렀다고 한다. 부인은 꽃을 유독 좋아했고 얼굴도 꽃만큼 고왔다. 강릉 태수로 부임해 가는 남편 순정공을 따라가던 부인은 바다가 내려다보이는 산언덕에서 길을 멈췄다. 병풍처럼 둘러선 기암절벽에 피어난 꽃들이 부인의 발길을 붙든 것이다. 절벽 저 높이 하늘거리며 유혹하듯 피어있는 연분홍 꽃이 갖고 싶었다. 수로부인이 높은 절벽에 핀 꽃을 보고 "저 꽃을 꺾어 주세요. 가지고 싶어요!"라고 했을 때 모두가 망설였다. 워낙 가파른 곳이라 꽃을 꺾으려면 목숨을 걸어야 하는 상황이기에 하인은 물론 남편마저 부인의 바람에 선뜻 나서려고 하지 않았다. 그때 암소를 몰고 지나가던 한 노인이 다가왔다. 꽃을 갖고 싶어 하는 부인의 모습이 안타까웠던지 아니면 그 모습이 아름답게 보였던지 백발의 노인은 자신이 대신 꽃을 줘도 괜찮겠냐는 의향을 묻고서 바위에 올라가서 꽃을 꺾어 부인에게 꽃을 바쳤으리라. 그런데 노랫말과 내용을 보면 앞뒤가 바뀐 것처럼 보인다. 옛이야기를 기록으로 남기면서 생긴 서술상의 오류라고 할 수 있다. 수로부인과 노인은 서로의 신분이나 나이, 우연히 길에서 만나게 된 상황, 부군인 순정공이 그 옆에 있었다는 상황으로 보아 사랑의 불길을 태울 형편은 못 되었다. 그런데도 노인은 천 길 절벽 위에 있는 꽃을 꺾으러 올라가고, 그 꽃을 꺾어서 부인에게 바쳤다. 단순하게 꽃을 갖고 싶어 하는 부인의 모습이 안타까워서 목숨을 담보로 그런 일을 할 수 있을까? 더욱이 '나를 부끄러워하지 않으신다면'이라는 말까지 하는 것으로 보아 노인이 꽃을 꺾어 바친 것은 수로부인의 미모와 성품에 도취되어 잠시나마 마음을 전한 행위가 아닐까? 모두가 수로부인의 바람을 들어줄 수 없다고 손사래를 친 것은 자기 목숨보다 저 꽃이 가치 있다고 생각하지 않았기 때문이다. 그런데 백발의 노인은 목숨을 걸고 꽃을 바쳤다. 예나 지금이나 여인에게 꽃을 바친다는 건, 순정한 사랑의 표상이다. 사랑은 젊음에게만 필요한 것은 아니다. 순정은 나이 들수록 더 심오하고 오묘할 수 있다. 어쨌든 수로부인의 꽃에 대한 소망 앞에 모두가 망설였으나 노인은 절벽의 꽃을 꺾어 헌화가를 지어 바침으로써 상남자로 등극했다. 미국에서 꽃 가게를 운영하던 청년 '마크 휴즈'가 사랑하는 연인에게 가게 안에 있던 모든 장미꽃을 바치며 사랑을 고백했다는 데에서 '로즈데이'(5월 14일)가 시작되었다고 한다. 꽃은 색깔과 향기와 크기에 상관없이 누구에게나 기쁨을 준다. 흔히들 꽃은 세 곳에서 피어난다고 한다. 먼저 꽃밭에서 피어나고, 꽃을 건네주는 손끝에서 피어난다. 마지막으로 받는 사람의 가슴 속에서 다시 한 번 피어난다고 한다. 노인이 수로부인에게 건네준 꽃도 그렇게 피었으리라.

『삼국유사』의 기록에 따르면 '암소 고삐를 잡고 있는 노인은 어떤 사람인지 알지도 못하고 건장한 사람들도 감당하지 못한 절화折花의 어려운 일을 능히 해낸 인물'로 그리고 있다. 이 노인의 정체를 두고 불가에서 말하는 '선승禪僧', 도가道家에서 말하는 '신선' 또는 '농신農神'이라는 학설이 있다. 그러나 그 노인은 그렇게 성스럽거나 신비스러운 존재로 보이지 않는다. 수로부인의 행차가 잠시 멈췄던 그 부근 어느 곳에서 농사나 지으며 살고 있는 평범하고 순박한 농부라는 견해[13]가 설득력이 있다고 생각한다. 그 근처에 사는 농부라면 노인이라도 인근 지형과 높고 험준한 산길에 매우 밝았을 터이기에 다른 사람은 할 수 없던 일도 능히 해낼 수 있다는 이유에서다. 그렇더라도 낭떠러지에 핀 꽃을 꺾는 것은 예삿일이 아님은 물론이다. 누군가에겐 목숨을 건 모험이 따르는 일이기 때문이다.

사랑하느냐고
한마디 던져 놓고
천 길 벼랑을 기어오른다
오르면 오를수록
높아지는
아스라한 절벽 그 끝에
너의 응답이 숨어 핀다는
꽃
그 황홀을 찾아
목숨을 주어야
손이 닿는다는
도도한 성역

13) 박노준, 「향가, 그 현대시로의 변용 -『헌화가』,『서동요』를 대상으로」, 『한국 시가연구』 59, 한국시가학회, 1999, 86쪽.

나 오로지 번뜩이는

소멸의 집중으로

다가가려 하네

육신을 풀어 풀어

한 올 회오리로 솟아올라

하늘도 아찔하여 눈 감아버리는

깜깜한 순간

나 시퍼렇게 살아나는

눈 맞춤으로

그 꽃을 꺾어 드린다

- 신달자, 〈헌화가〉

　　보통 소박한 신라인들의 사랑 노래쯤으로 해석될 수 있는 〈헌
화가〉는 신달자 시인에 의해 다시 태어났다. 노인의 입장에서 결
코 이루어질 수 없는 연모의 정이지만 목숨을 걸고 꽃을 꺾어 주려
는 마음을 담았다. 신라 시대 〈헌화가〉에서 '나를 부끄러워하지
않으신다면'을 시인은 곧바로 노인이 수로부인에게 "(나를) 사랑
하느냐고" 물은 뒤, 천 길 벼랑 위로 묵묵히 걸어 올라가는 것으로
풀어냈다. 그 꽃은 절벽 끝에서 부인의 대답을 간직하고 있는 존
재다. 그곳은 목숨을 주어야 도달할 수 있는 성역이고 호기만 가
지고 갈 수 있는 곳이 아니다. 그곳에 도달하는 것이 얼마나 위험
하면 "하늘도 아찔하여 눈 감아버"린다고 했을까? 자신의 목숨과

도 바꿀 수 있는 소중한 것이 꽃이요, 이 꽃을 바치는 것은 자신의
생명을 바치는 일일 수도 있다.

> 길은 외길 그대 향한 길 차마 오를 수 없는
> 아득한 절벽 위에 꽃 한 송이 피었어라
> 서늘한 그대 두 눈 바라만 봐도 온몸이 시려와
> 가리키는 손끝 따라 나도 몰래 사랑을 향했네
> 저미는 가슴 가슴 옷자락 여며가며
> 꺾어 온 꽃 두 손 모아 마음 함께 바쳤네
> 길은 외길 그대 향한 길
>
> - 박수진 시·김애경 곡, 〈헌화가 (사랑을 위하여)〉 (2008)

가곡 〈헌화가 (사랑을 위하여)〉이다. "헌화가"라는 제목과 함께
"아득한 절벽 위에 꽃 한 송이"라는 것에서 『삼국유사』의 〈수로부
인〉조를 염두하고 창작한 작품으로 보인다. 더욱이 '사랑을 위하
여'라는 부제를 붙임으로써 이 노래는 사랑을 위한 헌시獻詩임을
나타냈다. 꽃이 피어 있는 그곳은 '외길'이라서 다른 방법을 찾을
수 없는 곳이지만, '그대를 위해 나의 마음을 전해줄 수 있는 유일
한 길' 끝에 있다. 앞서 신달자 시인이 '아스라한 절벽 그 끝에 너
의 응답이 숨어 핀다는 꽃'이라고 표현한 것과 상통하다. 그대는
내가 감히 눈을 들어 바라볼 수도 없는 존재이지만 나도 모르게

사랑에 빠져 버리고 말았다. 사랑이라는 말만 생각해도 마음은 아득하여 가슴 저미게 느껴진다. 그런 마음으로 임에게 꽃을 바치는 것이야말로 내가 할 수 있는 유일한 방법이다. 사랑에 대한 헌사는 애처롭지만 순결하다.

〈헌화가〉는 소설 〈은교〉에서 소환된다. 〈은교〉는 소설가 박범신의 작품으로 2010년도에 출간되었고, 동명의 소설을 바탕으로 2012년에 정지우 감독에 의해 영화로도 개봉된 작품이다. 소설은 "서지우의 일기"라는 한 부분에 "헌화가"라고 부제를 붙인 것으로 보아, 이 부분이 〈헌화가〉를 모티브로 삼고 있음을 분명히 하고 있다. 〈은교〉는 향가 〈헌화가〉와 마찬가지로 애정을 이야기하고 있지만 젊음, 애정, 성공에 대한 욕망으로 점철된 작품이다. 늙음에 대한 고찰과 사랑의 다양한 측면을 보여준다. 소설은 70세의 시인 이적요, 그를 따르는 30세 후반의 서지우, 시인의 집 청소 알바를 하는 17살의 은교, 이렇게 단 3명이 주인공으로 나온다. 은교를 두고 삼각관계를 다룬 소설이다. 소설 속에서 향가 〈헌화가〉는 이적요와 서지우가 올라간 산 정상에서 서지우가 은교의 손거울을 절벽에 떨어뜨리게 되는 부분에서 등장한다. 은교가 '그 거울은 안나수이 공주 거울이고 엄마가 생일선물로 사준 것'이라며 울상을 짓자 서지우는 '그깟, 손거울. 사줄게' 하면서 대수롭지 않게 생각한다. 이때 은교는 "똑같은 걸 사도, 똑같지 않아요!"라며 표독스럽게 말한다. 박범신은 17세 은교를 위해서 위험을 무릅 쓰고 절벽을 내려가는 70대의 이적요 시인의 모티브로 〈헌화가〉를 부활시켰다.[14] 어린 은교에게 바치는 노시인의 '헌화가'인 셈이다. 늙어가는 존재의 성적 퇴화에 대한 비감이 섞여든 것은, 리얼리티를 위한 장치로 보아도 무방하다. 소설 〈은교〉는 신라 시대 〈헌화가〉를 불렀던 노인이 목숨을 걸고 싶을 만큼 사랑을 느꼈던 대상에 대한 절절한 기록이다. 〈헌화가〉 속 그 노인은 다름 아닌, 늙어가는 모든 남자들의 내면이기도 하다. 신라의 〈헌화가〉에서 노옹老翁이 꺾던 꽃을 이 소설에서는 젊은 여인들이 지니고 있는 "안나수이"라는 브랜드의 거울을 통해서 가장 현실적이고 구체적인 것으로 변용한다.[15] 신라 시대 〈헌화가〉가 노옹의 수로부인에 대한 애정과 범상하지 않은 장면을 보여주었다면 박범신의 〈은교〉에서는 노옹을 젊음과 애정에 대한 욕망을 직접적으로 표현할 수 있는 인물로 창조하였다.

　신라의 〈헌화가〉에서 수로부인에게 꽃을 꺾어다 바친 사람은 소를 끌고 가던 노인이었다. 그런데 앞서 이야기한 현대그룹 창업주인 정주영 회장은 소를 트럭에 싣고 휴전선을 넘었다. 이 두 사람은 노인이라는 점과 소를 끌고 갔다는 점이 동일하다. 신라의

14) 이상의 이야기는 박범신, 『은교』, 문학동네, 2010, 320~322쪽 참조.
15) 하경숙, 「〈헌화가〉의 현대적 변용 양상과 가치」, 『온지논총』 32, 온지학회, 2012, 181쪽.

노인은 수로부인의 요청으로 꽃을 바쳤다면 오늘날 정 회장에게 꽃은 무엇일까? 기록에 따르면 수로부인은 지역민들조차도 그의 미모를 흠모하여 납치할 정도였으니, 그는 신라 시대 여인들의 아름다움을 대표할 만하다고 볼 수 있다. 그리고 부인이 원했던 꽃은 아무도 범접할 수 없는 거룩한 가치를 지닌 결정체라고 할 수 있다. 이런 해석이 가능하다면 정 회장에게 꽃은 남북통일이라는 대의였고, 비록 자신의 소신에 따라 행한 일이라고 하지만, 남북통일이 우리 민족의 오랜 소망이라면 그 염원을 추인하는 동력은 민족, 대한민국의 국민일 것이다. 헌화가의 노인이 그 위험한 절벽을 타고 올라간 것은 정주영 회장이 손수 그 많은 소떼를 끌고 직접 갔다는 것과 서로 견줄만한 사건이다. 전혀 별개의 장면일 것 같은 일명 "소 떼 방북"은 오늘날 버전으로 변화한 〈신헌화가〉라고 할 만하다. 우리의 고전은 박제된 채로 과거에 머물러 있기보다는 오늘날 새롭게 해석되어 재창조될 때 문화적 전통으로 계승될 수 있다.

4부

지난날의 후회

어머님! 그 이름 목메어 불러봅니다
〈사모곡思母曲〉

　한국 사회에서 '어머니'라는 어휘는 고귀하다. 그 누구도 이 단어 앞에만 서면 숙연해진다. 그만큼 어머니는 모든 이의 희생의 상징으로 자리 잡고 있다. 그래서인지 정부는 지난 1956년부터 5월 8일을 '어머니날'로 정하였다(1973년부터는 어버이날로 확대하여 제정). 매년 기념일이 되면 참석자들은 "낳으실 제 괴로움 다 잊으시고 / 기르실 제 밤낮으로 애쓰는 마음 / 진 자리 마른 자리 갈아 뉘시며 / 손발이 다 닳도록 고생하시네 / 하늘 아래 그 무엇이 넓다 하리요 / 어머님의 희생은 가이 없어라"라고 하는 〈어머니의 마음〉이라는 노래를 부른다. 학창 시절, 나 또한 이날이 되면 가사에 담긴 의미도 생각할 겨를도 없이 그저 습관적으로 불렀던 경험이 있다.

　군대에서 있었던 일이다. 정훈사관 후보생으로 입소했던 나는 경북 영천에 있는 제3사관학교에서 후보생 교육을 받았다. 그때 후보생들이 훈련소에서 가장 하기 싫어하는 훈련이 화생방 훈련이었다. 방독면을 쓰고 가스실에 들어가, 그곳에서 잠시 방독면을 벗었다가 다시 방독면을 쓰고 밖으로 나오는 훈련이다. 방독면의 활용과 성능, 화생방 가스에 대한 위험을 알려주려는 필수적인 훈련이다. 그런데 가스실에서 방독면을 벗었던 '잠깐'의 시간이 얼마나 길게 느껴지는지는 경험해 본 사람만이 알 수 있다. 쉴 새 없이 흐르는 눈물과 콧물이 밖으로 나와서도 멈출 줄 모른다. 그때 교관은 후보생들을 줄 세우고 꼭 부르라는 노래가 바로 〈어머니의 마음〉이다. 그렇지 않아도 뺨 위로 흘러내리는 눈물과 콧물을 주체할 수 없는데, 거기에 〈어머니의 마음〉이라는 노래까지 부르라니. 후보생들은 너나없이 창피한 줄도 모르고 큰소리로 엉엉 울었다. 모두가 집을 떠나 처음으로 객관화된 어머니를 마주한 것이다. 어려서 생각 없이 부르던 것과는 차원이 달랐다. 낯설고 힘든 군 생활에 쌓인 설움은 어머니에 대한 그리움으로 불을 지피게 된 까닭이다. 그래서 군대에서 최고의 군가는 〈어머니의 마음〉이라고 불리는지도 모르겠다.

이처럼 어머니의 은혜를 노래한 것이 고려 시대에도 있었다. 〈사모곡〉이다. '사모곡'이란 생전에 어머니에 대한 효도를 제대로 하지 못하였거나 뒤늦게 불효하게 된 것을 후회하며 그리운 어머니에 대해 참회하는 마음을 담은 노래이다.

호미도 날이 있지만
낫같이 잘 들리도 없어라
아버님도 어버이시지마는
위 덩더둥셩

어머님같이 사랑하실 분은 없어라
아아! 임이여
어머님 같이 사랑하실 분은 없어라

이 노래도 다른 고려가요처럼 연대와 작자를 알 수 없다. 다만 대부분 노래들이 남녀 간의 사랑에 관한 이야기인데, 〈사모곡〉은 제목 그대로 어머니에 대한 절대적인 사랑의 가치와 의미를 칭송하고 있는 점이 독특하다. 어머니가 베푼 사랑이 아버지에 비할 수 없을 만큼 크다는 예찬이다. 아버지도 똑같은 부모의 한 사람이지만 화자에게 어머니의 빈 자리는 매우 크다. 부모의 사랑을 흔히 농촌에서 볼 수 있는 연장('호미'와 '낫')에 비유하고 있다. 아버지의 사랑은 '호미'에, 어머니의 사랑을 '낫'에 비유하고 있는 이 노래는 농사에 필요한 두 연장의 예리함의 정도를 비교하여 그 사랑의 크기가 어떻게 다른지 나타내고 있다. '호미'는 끝이 뾰족하고 위가 넓적한 삼각형으로 되어있다. 김을 매거나 감자나 고구마 따위를 캘 때 쓰는 쇠로 만든 농기구이다. 이에 반해 '낫'은 곡식, 나무, 풀 따위를 베는 데 쓰는 농기구이다. 'ㄱ'자 모양으로 만들어 안쪽으로 날을 내고, 뒤끝 슴베에 나무 자루를 박아서 사용한다. 나는 대개 '낫'은 남성이, '호미'는 여성이 주로 사용하는 연장으로 알고 있었다.

그런데 1명의 도전자가 100명의 상대를 맞이하여 거액의 상금에

도전하는 프로그램인 〈1대 100〉 468회 방송 중 〈사모곡〉에서 어머니에 비유한 농기구를 묻는 문제가 나온 적이 있다. 남아있던 23명 중에서 한 명만 정답을 알고 있었고 1인의 도전자(김창열)와 나머지 22명이 한꺼번에 탈락하는 현상이 벌어졌다. 〈사모곡〉에서 나타나는 정답은 여성을 낫으로, 남성을 호미로 표현하고 있다. 대부분의 사람들이 나처럼 낫을 남성으로, 호미를 여성으로 생각하고 있었던 것이다. 호미와 낫을 이렇게 이해하고 있었던 사람이 의외로 많은 것 같다. 이처럼 〈사모곡〉의 저자는 우리들이 평소에 갖고 있던 생각을 뒤집어 놓았다. 호미와 낫의 용도가 조금은 다르기 때문이기도 하지만 아마도 어머니의 사랑이 '강함'을 나타내기 위해 '낫'으로 비유하였고, 상대적으로 겉으로 표현하는 것이 덜한 아버지의 사랑을 '호미'로 표현한 것이라고 생각한다. "아버님도 어버이시지마는 어머님같이 사랑하실 분은 없어라"에서 아버지의 사랑과 어머니의 사랑을 비교하고 있다. 더욱이 "어머님같이 사랑하실 분은 없어라"를 두 번 반복함으로써 어머니의 사랑을 더 강조하고 있다. "아아! 임이여" 하면서 세상 사람들에게 내가 느끼고 있는 어머니 사랑의 지대함을 알아야 한다고 호소한다. 고려 시대 〈사모곡〉은 동일한 제목으로 가수 태진아의 노래에도 등장한다.

앞산 노을 질 때까지 호미자루 벗을 삼아
화전 밭 일구시고 흙에 살던 어머니
땀에 찌든 삼베 적삼 기워 입고 살으시다
소쩍새 울음 따라 하늘 가신 어머니
그 모습 그리워서 이 한밤을 지샙니다

무명 치마 졸라 매고 새벽 이슬 맞으시며
한평생 모진 가난 참아 내신 어머니
자나 깨나 자식 위해 신령님전 빌고 빌며
학鶴처럼 선녀처럼 살다 가신 어머니
이제는 눈물 말고 그 무엇을 바치리까

＿ 이덕상 작사·서승일 작곡, 〈사모곡〉 (1993)

1970년대에 가수로 데뷔한 태진아는 흥행에 번번이 실패하여 1980년대에 미국으로 이민을 떠난 지 4개월 후에 그의 어머니가 돌아가셨다고 한다. 그러나 그는 돈이 없어서 가는 비행기표만 끊어 미국으로 떠났기 때문에 한국에 오지 못하고 어머니의 임종을 곁에서 지키지 못했다. 4년 후 귀국해 처음 어머니의 산소를 찾아가다가 지역 신문에 실린 이덕상 시인의 〈사모곡〉이라는 시를 보면서 자신의 어머니를 생각했다고 한다. 그래서 태진아는 시인을 찾아가 노래로 만들고 싶다고 요청했고 이 노래를 부를 때마다 눈물을 흘리게 된다고 한다.[1] 이 노래의 내용을 따라가 보면 어머니는 호미로 화전 밭을 일구셨고, 늘 땀에 찌든 삼베 적삼을 기워입고 사셨던 청빈한 분이다. 그러면서도 한평생 모진 가난을 참아내며 자나 깨나 자식 잘되기만을 바라시던 분이다. 지금은 시대와 환경이 달라져 호미나 화전 밭, 삼베 적삼은 찾아보기 어렵지만 한국 어머니들의 눈에는 오직 '자식'만 있을 뿐, 다른 것은 곁가지에 불과하다.

2018년 최성현 감독의 〈그것만이 내 세상〉이라는 영화가 개봉되었다. 나는 처음 이 영화에 대해 그리 큰 기대를 갖지 않았다. 하지만 영화를 볼수록 깊은 울림을 받았다. 한때는 WBC 웰터급 동양 챔피언이었지만 지금은 오갈 데 없어진 한물간 전직 복서 '조하'(이병헌). 우연히 17년 만에 헤어진 엄마 '인숙'(윤여정)과 재회하고, 숙식을 해결하기 위해 따라간 집에서 듣지도 보지도 못했던 뜻밖의 동생 '진태'(박정민)와 마주하면서 일어나는 이야기이다. 어머니는 아버지의 폭력에 집을 나와 자살하려는 순간 행인에 의해 목숨을 건진 인연으로 재혼을 하고 지금은 혼자서 '서번트 증후군' 장애를 가진 진태라는 아이를 힘겹게 키우고 있는 상황이었다. 엄마를 만난 조하는 시한부로 병상에 누워서도 장애가 있는 동생 진태를 걱정하는 엄마를 향해 그동안의 참았던 분노를 터트린다. 그때 아들에게 했던 엄마의 말이 영화를 본 뒤에도 오래도록 여운이 남았다.

---

1) 태진아와 관련된 내용은 "나무위키"를 참조함.

'네 엄마를 용서하지 말아라. 미안하다. 그런데 다음 생애에서는 네 엄마로만 태어나서 그때는 잘해줄게'라는 짧은 몇 마디에서 어머니의 마음을 충분히 이해할 수 있었다. 혼자서는 살기 어려운 장애를 가진 아들과 어린 시절 방치해서 외롭게 자란 아들 사이에서 엄마는 죄인일 수밖에 없다.

> 엄마가 섬 그늘에 굴 따러 가면
> 아기가 혼자 남아 집을 보다가
> 바다가 불러주는 자장노래에
> 팔 베고 스르르 잠이 듭니다
> — 한인현 작사, 이흥렬 작곡, 〈섬 집 아기〉 (1953)

어렸을 때 참 많이 불렀던 노래다. 엄마는 굴을 따러 가고, 아이는 혼자서 집을 지키고 있다. 바닷바람을 자장가로 알고 곤히 잠들어 있는 아이의 모습이 아름답고 평온하게 보인다. 그런데 다음 2절의 노랫말은 이와는 전혀 다른 색깔을 띤다.

> 아기는 잠을 곤히 자고 있지만
> 갈매기 우는 소리 맘이 설레어
> 다 못 찬 굴 바구니 머리에 이고
> 엄마는 모랫길을 달려옵니다

굴을 따고 있는 엄마의 몸은 굴밭에 있지만 마음은 온통 집에 홀로 남겨진 아이에 가 있다. 갈매기 울음소리를 아이가 엄마를 찾아 울고 있는 소리로 여겼는지 일이 손에 잡히지 않는다. 아이를 혼자 집에 두고 굴을 따러 가야만 하는 처지인 것을 보면 아이 엄마에게는 그날 따는 굴이 생계를 위한 수단일 수도 있다. 그런 경제적 어려움 속에서도 엄마는 홀로 남겨져 있는 아이가 걱정되어 굴을 따다 말고, 모랫길을 달려온다. 바로 그것이 엄마의 마음이다. 하는 일이 무엇이든지 자식을 위해 헌신을 아끼지 않는 이 땅의 모든 어머니의 마음은 동요 속 굴 따는 어머니의 모습일 것이다.

내 어머니도 섬 집 아이의 엄마와 크게 다르지 않았다. 10여 년 전에 작고하셨다. 어머니는 중환자실에서 산소호흡기로 연명하고 계셨는데, 앞으로 더 사실 가망이 밝지 않으니 편안히 보내드리는 것이 좋겠다는 의사의 말에 우리 형제들은 그 의견에 따랐다. 그때 문득 들었던 생각이 자식과 부모의 차이였다. 부모는 자식을 위해서라면 자신의 목숨까지 내주면서라도 자식을 살리려고 할 텐데, 자식은 부모를 위해 그렇게까지 하지 못한다. 앞으로 얼마 사실 가능성이 없다는 의사의 소견을 합리적인 처방이라고 생각하고 우리들의 행위를 정당화했기 때문이다.

부모님이 돌아가시면 자식들은 마지막 가시는 길이라고 장례식장을 화려하게 꾸미고 고급 세단의 운구차로 폼 나게 나서는 행렬을 볼 때가 있다. 살아계실 때 못 해드린 것을 장례식만이라도 폼

나고 멋있게 해드리려는 마음일 것이다. 그것은 살아있는 사람에 대한 위로이자 변명에 불과하다. 부모님이 살아계실 때 한 번 더 찾아뵙고, 이야기하고 함께 먹으며 추억을 만드는 것이 좋다고 생각한다. 그래야 그분들이 가시는 길에 자식과 함께했던 시간을 추억하며 즐겁고 행복하게 가시지 않을까 싶다. 그리고 전날 그렇게 보내드릴 수밖에 없었던 어머님께 죄송하고 미안하다. 한번 가면 다시는 돌아오지 못하는 길이라는 것을 제대로 생각했을까? 오늘따라 어머니가 보고 싶다.

꼭 그 강을 건너야 합니까
〈공무도하가 公無渡河歌〉

　　코로나19로 인한 사회적 거리 두기 때문에 사람들은 모이지도 못하고 집에서 활동하는 시간이 많았던 적이 있었다. 그때 모 방송국에서 시작한 트로트 경연대회는 회를 거듭할수록 시청자들의 눈과 귀를 사로잡았다. 게다가 방송국마다 이와 유사한 프로그램을 만들어 경연대회를 치르다 보니 코로나 시대에 시작한 트로트 열기가 식을 줄을 몰랐다. 내 경험상 4분의 4박자를 기본으로 하는 한국 대중가요의 한 장르인 트로트가 이렇게 인기가 많았던 때가 없었던 것 같다. 유독 코로나로 온 국민이 지치고 힘든 시기에 트로트가 인기가 있었던 것은 무엇보다도 노랫말 속의 내용이 우리네 삶의 다양한 모습을 절절하게 묘사하고 있고, 그것이 힘겨운 우리의 삶에 큰 위로가 되었기 때문이다. 모 방송국의 트로트 경연대회에서 최종 우승자인 가수 양지은은 〈그 강을 건너지 마오〉를 불러 시청자들의 심금을 울리기도 했다.

가지 마오 가지를 마오
그 강을 건너지 마오
가려거든 가시려거든
이 언약 가져가시오

검은 머리 파뿌리 되는 날까지
지켜준다고
내 손 잡고 눈물로 맺은
언약을 잊지 마시오

강물에 떠내려가는
마지막 꽃잎일세라
이 손을 놓지 못하오
님이여 움켜쥐시오

가지 마오 가지를 마오
그 강을 건너지 마오
가려거든 가시려거든
이 언약 가져가시오

강물에 떠내려가는
마지막 꽃잎일세라
이 손을 놓지 못하오
님이여 움켜쥐시오

가지 마오 가지를 마오

그 강을 건너지 마오

가려거든 가시려거든

이 언약 가져가시오

이 언약 가져가시오

– 알고보니 혼수상태(김지환·김경범) 작사·작곡,

〈그 강을 건너지 마오〉(2021)

　　이 노래의 제작자는 지난 2014년에 개봉한 한국 다큐멘터리 영화 〈님아 그 강을 건너지 마오〉에서 영감을 받아 만들었다고 한다. 이 영화는 조그만 강이 흐르는 강원도 횡성의 아담한 마을에 사는 90대 노부부의 생활을 담았다. 금슬이 좋기로 유명한 이들 부부는 날마다 신혼처럼 지냈다. 봄에는 꽃을 꺾어 서로의 머리에 꽂아주고, 여름엔 개울가에서 물장구를 치는가 하면, 가을엔 낙엽을 던지며 장난을 치고 겨울엔 눈싸움을 하며 지내던 부부. 그런데 영원할 것 같았던 이들의 삶에도 거스를 수 없는 이별이 찾아온다. 바로 남편의 죽음이다. 남편과 이별의 시간이 멀지 않았음을 느낀 할머니는 남편의 귓가에 속삭인다. "할아버지요, 먼저 가거든 좋은 곳에 자리를 잡아 두고 얼른 나를 데리러 와요. 나만 홀로 오래 남겨두지 말고. 우리 거기서 같이 삽시다." 할머니는 저승의 삶에서도 남편과 함께 살기를 희망한다. 이 짧은 할머니의 말은 작가가 지어낸 대사가 아니라 할머니의 육성 음성이었다. 이 영화를 보면서 나는 또 돌아가신 부모님을 생각했다. 두 분도 70여 년을 함께 살면서 가난했지만 금슬은 좋았던 것으로 기억한다. 어머니가 천국에 먼저 가신 후 1개월 반 만에 아버지가 그 뒤를 따라가셨다. 두 분 모두 화장을 하여 납골당에 모셨는데, 화장장에서 놀라운 장면을 목격하였다. 화장장에 가 본 사람이라면 알 수 있을 텐데 고인을 화장하는 화구의 순번은 유가족의 뜻에 따라 정하는 것이 아니라 화장장에 운구가 들어온 순서에 따라 임의로 정해진다. 그런데 아버지는 1개월 반 전에 들어갔던 어머니의 자리 바로 그 화구에 들어가신 것이다. 평소 겁이 많고 소심하셨던 아버지에게 마치 어머니가 당신의 자리를 준비해 놓고 기다리신 것만 같았다.

다시 노랫말 속으로 돌아가자. 임에게 가지 말라고 외치는 강은 현실에서의 강이 아니다. 그 강은 이승과 저승의 경계를 말하는 강이요, 기독교식으로 말하면 '요단강'이라고 할 수 있다. 화자는 임이 그 강을 건너가려면 죽을 때까지 자신을 지켜준다던 언약을 물러달라고 한다. 그러면서 그 언약을 지킬 것을 당부한다. 임이 없는 자신은 한낱 강물에 떠내려가는 마지막 꽃잎에 불과하니 자신의 손을 꼭 붙잡아 달라고 애원한다. 그러나 곧 저세상으로 가야만 하는 임이 무슨 수로 화자를 붙잡을 수가 있을까? 임을 붙잡아야 할 손은 화자이건만 화자 또한 임종을 앞둔 임 앞에선 속수무

책이다. 그래서 할 수 있는 말이 지난날 자신을 지켜준다던 언약을 도로 가지고 가라며 엄포를 놓는다. 겉으로야 투정으로 보이기도 하지만 당신과의 약조를 꼭 지키며 곧 따라가겠노라는 다짐의 소리일 것이다.

현대의 〈그 강을 건너지 마오〉라는 노래는 옛 고조선의 여인이 불렀던 〈공무도하가〉를 소환한다. 삶과 죽음의 경계를 나타내는 강을 건너려는 임에게 부른 현대의 노래와 달리 고조선 여인의 노래는 강을 건너지 말라는 자신의 소리를 듣지 않고 끝내 건너다 죽게 되는 임을 보고 부른 서정가요이다. 〈공무도하가〉는 4언 4구의 한시漢詩로 채록되어 전하는데 다음과 같다.

그대 강을 건너지 마오.　　公無渡河

그대 기어이 물을 건너네.　　公竟渡河

물에 빠져 죽으니　　墮河而死

그대를 어이 하리.　　當奈公何

이 노래는 노랫말과 함께 배경 설화가 남아있다. 모두 중국 쪽 기록이다. 첫째는 2세기 후반 채옹蔡邕의 『금조琴操』에 나오는 기록이다.

"공후인은 조선진졸 곽리자고가 지은 작품이다. 곽리자고가 새벽에 일어나 배를 저어 가는데, 한 광부狂夫가 머리를 풀어 헤치고 술병을 낀 채 강을 건너고 있었다. 그 아내가 따라가 말렸지만 미치지 못하여 물에 빠져 죽고 말았다. 이에 아내가 하늘에 대고 슬피 흐느껴 울다가 공후를 치면서 "그대 강을 건너지 마오 / 그대 기어이 물을 건너네 / 물에 빠져 죽으니 / 그대를 어이 하리" 하고 노래했다. 노래를 마치자 그녀 또한 스스로 몸을 던져 죽었다. 곽리자고가 그 노래를 듣고 슬픔에 젖어 금琴을 가져다 치며 공후인을 지었다. 광부 아내의 노래를 그대로 본떴으므로 일컬어 공무도하곡이라 한다."

두 번째 기록은 3세기 말 최표崔豹의 『고금주古今注』에 나온다.

"공후인은 조선朝鮮의 진졸津卒 곽리자고濫里子高의 아내 여옥麗玉이 지은 것이다. 자고子高가 새벽에 일어나 배를 저어 가는데, 한 백수광부白首狂夫 (머리가 흰 미친 사람)가 머리를 풀어 헤치고 호리병을 들고 거센 물결을 가로질러 건너고 있었다. 그의 아내가 따라서 부르며 말렸지만 미치지 못하여 마침내 물에 빠져 죽고 말았다. 이에 그의 아내는 공후를 가져다 치면서 '공무도하公無渡河'의 노래를 부르니, 그 곡조가 심히 구슬펐다. 노래를 마치자 그녀 또한 스스로 몸을 물에 던져 죽었다. 자고가 돌아와 들은 곡을 아내 여옥에게 말하자 여옥이 상심하여 공후를 가져다 치면서 곡조대로 재현하니 듣는 자 눈물 흘리며 훌쩍이지 않는 사람이 없었다. 여옥이 이 곡을 이웃의 여용麗容에게 전하니 이름하여 공후인이라 한다."

위 기록문을 보면 노랫말을 지은 작자가 백수광부의 아내인지, 곽리자고, 또는 곽리자고의 아내 여옥인지 불분명하다. 다만 설화의 정황상 이 노래는 백수광부의 아내가 불렀고, 이를 채록한 이가 따로 있으리라고 생각한다. 그런데 이 노래의 배경을 보면 두 기록에서 임은 '백수광부'이며, 머리를 풀어 헤치고 호리병을 들고 거센 물결을 가로질러 건너고 있었다고 묘사한다. 아내가 강을 건너지 말라고 애원하는데도 불구하고 임은 마침내 강을 건너다 물에 빠져 죽고 만다. '백수광부'라 함은 '머리가 흰 미친 사람' 정도로 해석되고, 머리마저 풀어 헤치고 호리병을 들었다고 했으니 아마도 임이 든 호리병은 술병일 것이다. 따라서 임이 강을 건너는 것은 술에 취하여 물속으로 뛰어드는 정도의 술주정뱅이 행위쯤으로 해석할 수 있다. 쉽게 말해 임은 술에 취한 채 강을 건너다가 물속에 빠져 죽은 것이라고 할 수 있다. 이런 임을 여읜 화자의 마음은 어떠할까? 임의 죽음을 목격하고 화자가 노래를 부르며 곧바로 임을 따라 목숨을 포기한다는 이야기가 너무 안타깝게 느껴진다. 정령 이 두 사람은 죽음조차 따라 할 만큼 사이가 깊었을까? 표면에 나타나는 '백수광부'로만 남편을 이해한다면, 그 남편이 죽는다고 따라 죽는 아내의 마음을 헤아리기가 어렵다. 하지만 함께 살면서 어느 순간에 일어난 사건이 계기가 되어 남편이 '백수광부'가 되는 상황도 생각해볼 수 있다. 그 과정을 알고 있는 아내는 현재의 술주정뱅이 남편이 안타깝고 애처롭게 보였을 것이다. 아내의 가슴에는 전날에 함께

했던 남편의 체취와 모습만이 간직되어 있을 뿐, 현재 남편을 이렇게 만든 사건의 계기가 원망스러울 뿐일 것이다. 그러니 강을 건너다 죽는 남편을 따라가게 되는 것이 아닐까 생각된다. 그런데 다른 한편에서는 이런 두 사람의 과정을 생략한 채 후대 사람들에게 지아비의 죽음을 따르는 열부烈婦의 의미로 포장하여 교화의 수단으로 활용하려는 잘못된 사인을 줄 수도 있다고 해석하기도 한다.

그런데, 최근 백수광부와 머리를 풀어 헤치는 것(피발被髮)과 호리병(호壺)에 대한 새로운 해석이 있었다. '백수광부'는 고지식하나, 고집이 센 평범한 필부로서 남편에 대한 겸사나 애칭이라는 것이다. 머리를 풀어 헤치는 것을 뜻하는 피발은 중화 중심적 세계관에 따라 주변의 이민족이나 야만족 등 평범한 하층민의 모습을 가리킨 것으로 하층민들의 일상적인 행색을 뜻한다고 한다. 또한 호리병은 술병이 아니라 강을 건너는 보조기구를 지칭한다는 것이다.[2] 이 해석에 의하면 〈공무도하가〉에 등장하는 백수광부의 정체와 그가 왜 강을 건너야만 하는지에 대해 생각해 볼 수 있다. 백수광부는 미치광이가 아니라 화자의 남편이다. 머리를 풀어 헤친다고 표현한 '피발'이라는 용어는 평범한 하층민의 일상적인 행색을 뜻한다고 했으니, 평범한 가장이라고 할 수 있다. 호리병은 술병이 아니라

---

2) 김영수, 「「公無渡河歌」新解釋: '白首狂夫'의 정체와 '被髮提壺'의 의미를 중심으로」, 『한국시가연구』 3, 한국시가학회, 1998.

강을 건너기 위한 보조도구라고 본다면 오늘날로 말하면 구명조끼 정도에 해당할 것이다. 그렇다면 〈공무도하가〉에 등장하는 임은 매일 강을 건너야만 하는 평범한 가장일 것이다. 생계를 책임진 가장으로서 강을 건너가야만 할 일이 있는 사람이라면 강물의 속도와 양에 관계없이 길을 나서야만 했을 것이다. 기록문에 따르면 "거센 물결을 가로질러 건너고 있었다"라고 한 것으로 보아 전날에 비가 많이 와서 물의 흐름이 세찼음을 알 수 있다. 가족의 생계를 책임진 가장의 도강(渡江) 행위와 그 모습을 바라보는 아내의 마음이 어우러진 이 노래에는 예나 지금이나 어렵게 살아가는 평범한 사람들의 모습이 담겨있다. 아침에 "잘 다녀올게요"라고 건넸던 말은 저녁에 "잘 다녀왔어요"라는 염원이 담긴 인사말이다. 그런데 그 인사가 자신에게 마지막으로 들려준 말이라면 어떨까? 〈공무도하가〉의 화자는 마지막 남편의 모습을 지켜보는 사람이다. 결국, 그 슬픔을 가눌 길 없어 화자는 자결함으로써 임이 간 길을 함께 가려는 결심이었다고 볼 수 있다. 따라서 고조선 시대의 〈공무도하가〉는 앞서 살펴본 현대의 〈그 강을 건너지 마오〉와 같으면서도 다른 노래라 할 수 있다. 다음은 〈공무도하가〉를 새롭게 변용한 문정희 시인의 작품이다.

늘 먼 곳만 바라보는 사나이
슬픈 노을만 그리워하는 사람
아침부터 술로 온 가슴 불 지르고
따습고 편한 것은 모두 버리고
흰 머리칼 강바람에 허위허위 날리며
끝 모를 수심 속으로 빠져들었네

바람의 혼에서 태어났는가
귀밑머리 풀고 만난
아내의 손목조차 견디지 못해

광풍에 덜미 잡혀 떠도는
백수광부, 고조선 땅 내 애인이여

오늘 서울 어느 골목에서 다시 만나
황홀한 몰락에 동행하고 싶구나

강 건너 그대 아내 땅을 치고 울더라도
눈부신 노을 함께 삼키고 싶구나
　　　　- 문정희, 〈술 마시는 남자를 위하여 - 백수광부에게 보내는 연서〉

제목부터가 "술 마시는 남자를 위하여"라고 적고 있는 것으로
보아 설화 속의 백수광부가 머리를 풀어 헤치고 호리병을 들고 강물

속으로 들어가는 장면을 차용한 것임을 알 수 있다. 그런데 시인은 세속적 삶의 평안함을 거부하고 바람처럼 떠도는 백수광부의 파탈에 대하여 애정의 시선을 보내고 있다. 황홀한 몰락에 동행하고 싶고, 강 건너 아내가 땅을 치고 통곡할지라도 그대와 함께하고 싶다고 한다. 이는 단순히 백수광부가 술을 마시는 행위에 관심이 있는 것이 아니라 술을 마실 수밖에 없는 현대 사회의 삭막함에 대하여 던지는 반동적 메시지로 읽힌다.

〈공무도하가〉곧 '그대 그 강을 건너지 마오'는 백수광부와 강을 어떻게 해석하느냐에 따라 다르게 변용되었다. 백수광부가 미치광이인지 아니면 현실의 평범한 남편인지, 강이 삶과 죽음을 가르는 경계인지 아니면 현실에서 흔히 볼 수 있는 시련의 강인지, 그리고 그 강을 건너는 행위가 가족의 생계를 위한 일인지, 아니면 자신이 처한 현실의 상황을 극복하지 못한 괴로움 때문에 파탄의 길로 들어서는 건지에 따라 그 의미가 달라진다. 다만 어느 쪽으로 해석하든 부인이 만류하던 그 강을 남편이 혼자 건너가다가 죽게 되고 그 현장을 사랑하던 연인이 목격한다는 것이다. 이런 위험을 직감했기에 그 여인은 남편을 애태우며 말렸을 텐데… 결국 염려했던 대로 아내는 사랑하는 임과 이별을 하게 된 것이다. 임이시여! 꼭 그 강을 건너야 합니까? 그렇다면 그 강을 함께 건너갑시다.

돌리도! 나의 청춘이여
〈청산별곡靑山別曲〉

'청산靑山'은 '푸른 산'이란 말로 문학 작품에서는 비유적 의미로서 이상향, 유토피아를 뜻하기도 한다. 그래서 청산은 어휘 자체만으로도 가슴을 설레게 한다. 그런데 〈청산별곡〉을 이야기하는데 갑자기 청춘을 돌려달라니, 작품과 제목이 부자연스럽게 느껴질 수도 있다. 그러나 나에게는 고려가요 〈청산별곡〉만 생각하면 지나간 시간 속에 뼈저리게 체험하며 〈청산별곡〉의 화자를 만났던 기억이 있기 때문이다.

2002년 한·일 월드컵이 열리기 전에 큰아이가 초등학교 5학년을 마칠 때였다. 내가 살던 곳은 남학생들이 다닐 만한 중학교와 고등학교가 없었다. 있더라도 한강 다리를 건너야 하는 불편함이 있었다. 사내아이만 셋인 우리 집도 학교에 대한 걱정이 여느 부모와 크게 다르지 않았다. 진학할 학교는 집에서 가깝고, 주변이 조용하여 학습 분위기가 좋은 곳을 원했다. 그래서 나는 예정에도 없던 동네로 갑자기 이사를 했다. 이사를 가기 한 달 전쯤이었다. 평소에 그렇게 친분이 있지 않았던 교회 집사님을 길거리에서 우연히 만났는데, 다짜고짜 "집사님 이사를 가신다면서요?" 하면서 그 지역으로 이사가는 것을 신중히 고려해야 한다고 귀띔을 했다. 그곳은 땅의 기가 센 곳이라 대부분의 사람들이 어려움을 겪는다는 것이다. 21세기를 살고 있는 오늘날에도 '땅 기운의 세기'로 이사 여부를 결정해야 한다는 것을 이해할 수가 없었다. 말도 안 되는 미신쯤으로 생각하고, 우리 가족은 마침내 그곳으로 이사를 했다. 아파트에서 살 때는 아이들이 뛴다며 아래층 주민이 노상 불만을 하였던 터였다. 그런데 이곳은 1층이고 작지만 마당도 있는지라 그런 염려는 하지 않아도 되었다. 앞뒤로 산이 있어 공기도 좋았고, 주말이면 산에 오를 수 있다는 것과 무엇보다 아이들이 학교에 다니는 데 최적의 조건이라는 데에 크게 만족하였다. 이사 오기 전 집사님의 이야기는 이미 염두에도 없었고, 우리는 일 년쯤은 잘 지낼 수 있었다.

그런데 웬걸, 일 년이 지나자 그동안 보이지 않던 것들이 스멀스멀 나타나기 시작하였다. 아이들을 생각해서 1층일 것, 작지만 마당이 있어야 할 것, 학교와 가까울 것 등을 최우선으로 선택하다 보니 선택의 폭이 좁았다. 또한 시간적 여유가 많지 않아 항상 오후 늦게서야 이사 갈 집을 보러 다니다가 결정을 한 게 화근이었다. 이사하기로 한 그 집은 가족들이 해외로 이주하면서 집을 비워놓은 상태라 세간살이가 없으니 크기가 실평수에 비해 아주 크게 보였다. 거기에 전등불을 밝히니 예전에 살던 집과는 다른 새로움에 우리 부부는 단번에 계약을 했다. 더욱이 도심에 있지만 풍치지구로 지정되어 있어 고층 건물이 없고 저층의 아름다운 집들이 즐비하여 이국적인 풍취가 느껴지는 곳이었다. 이사 오기 전에 주말이면 등산 후 내려오다 마주하는 동네, 그야말로 환상적인 마을이었다. 하지만 우리 가족은 '악마는 프라다를 입는다'는 말의 의미를 이곳에서 살면서 피부로 배웠다.

집은 북동쪽에 자리 잡고 있어서 아침에 동이 틀 무렵에 해가 잠깐 얼굴을 내밀지만, 온종일 해가 들지 않았다. 특히 1층인데 앞 건물들이 막고 있어서 항상 어두웠다. 노상 전등을 켜야만 생활을 할 수 있었다. 1년 동안은 그런 불편함도 주변의 환경 때문에 잊고 지냈다. 그런데 좋은 노래도 한 자리 반이라 했던가. 소설가 이상李箱(1910~1937)이 쓴 수필 〈권태倦怠〉의 주인공이 느끼던 그대로였다. 게다가 집에 손님만 오면 돌아가면서 한마디씩 거드는 말이 집터가 기운이 세다며 빨리 이사 갈 것을 종용했다. 오 주여! 이것이 무슨 말인지 우리 눈에는 안 보이는 것이 왜 외부 사람의 눈에만 보이는 것입니까? 이런 의문도 잠시, 멀쩡하게 살던 이웃이 자기 집 거실에서 자살하는가 하면, 회사가 부도가 나 집이 경매에 팔리고, 부부가 이혼하여 집을 나가는 일을 그곳에서 10여 년을 살면서 여러 사건들을 목격하였다. 물론 어느 동네든지 10여 년을 살다 보면 여러가지 일들이 생기게 마련이다. 하지만 당시 우리에겐 특별한 의미로 느껴지기까지 했다. 이사를 하려고 해도 집을 찾는 사람이 있어야 옮길 수 있다는 사실도 그때 처음 알았다. 그야말로 고립무원, 다른 곳은 집값이 올라서 재테크를 했다고 자랑들을 하는데, 이곳은 처음 이사 왔을 때나 10여 년이 지나서나 크게 다르지 않았다. 아내는 그곳에서 지내며 병까지 얻어 온갖 고생을 했다. 또한 아이들 학교 때문에 이사를 왔지만 정작 아이들은 그곳에서 학교를 제대로 다니지 못하고 다른 곳에서 졸업했다. 그때 드는 생각은 '왜 이곳에 이사를 왔을까?', '이곳에 오지 않았더라면 이런 고생은 하지 않았을 것을' 하는 뒤늦은 후회가 물밀듯 다가왔다. 아무리 후회한들 소용없는 일이었다. 아무도 우리를 구원해 주지 않았다. 오히려 왜 이사를 가지 않고 그렇게 청승맞게 사느냐며 타박만 들었다. 주변의 부정적인 시선이 더 힘들게 할 때마다 어쩔 수 없는 현실에 오히려 마음을 내려놓게 되었다. 좋든 싫든 우리가 선택한 것인데, 아서라! 누구를 탓하랴! 하는 생각이 들었다. 바로 이때, 나는 〈청산별곡〉의 화자를 만나게 된 것이다. 도대체 〈청산별곡〉의 화자는 어떠했기에 그런 나와 만나게 되었을까? 〈청산별곡〉을 자세히 읽어보며 살펴보기로 하자.

살어리 살어리랏다
청산에 살어리랏다
머루랑 다래랑 먹고
청산에 살어리랏다
얄리얄리 얄랑셩 얄라리 얄라

울어라 울어라 새야
자고 일어나 울어라 새여
너보다 시름 많은 나도
자고 일어나 우니노라
얄리얄리 얄랑셩 얄라리 얄라

가던 새 가던 새 본다
믈 아래 가던 새 본다
이끼가 묻은 농기구를 가지고
믈 아래 가던 새 본다
얄리얄리 얄랑셩 얄라리 얄라

이렇게 저렇게 해서
낮에는 지내왔건만
올 사람도 갈 사람도 없는
밤에는 또 어떻게 지낼까
얄리얄리 얄랑셩 얄라리 얄라

어디에 던지던 돌인가
누구를 맞히려고 하던 돌인가
미워하는 마음도 사랑하는 마음도 없이
맞아서 우노라
얄리얄리 얄랑셩 얄라리 얄라

살어리 살어리랏다
바다에 살어리랏다
나마자기 구조개랑 먹고
바다에 살어리랏다
얄리얄리 얄랑셩 얄라리 얄라

가다가 가다가 듣는다
에졍지 가다가 듣는다
사슴이 장대에 올라서
해금을 켜는 소리를 듣는다
얄리얄리 얄랑셩 얄라리 얄라

가다(보)니 배부른 술독에
설진 강주를 빚는구나
조롱곳 누룩이 매워
(나를) 잡으니 내 어찌하리잇고
얄리얄리 얄랑셩 얄라리 얄라

대부분 연구자들은 이 노래의 주된 공간을 '청산'과 '바다'로 인식하고, 화자가 공간 이동을 하면서 자신의 어려운 삶에서 벗어나고자 하는 욕망을 토로했다고 주장한다. 그러나 나는 이와 달리 해석하고자 한다. 〈청산별곡〉에서 등장하는 '청산'과 '바다'는 이 노래의 기본이 되는 핵심어이다. 각각 '머루' / '달래'와 '나마자기' / '구조개'를 먹고 살 수 있는 공간이다. 이것들은 특별하거나 지속된 노동력 없이도 구할 수 있는 자연적인 산물이다. 그런 점에서 본다면 이 두 공간은 현실과 떨어진 장소이며 낙원과 같은 장소로 보인다. 다만, 이 노래의 화자는 그토록 가고자 하는 곳으로 '청산'만이 아니라 '바다'까지도 상정하고 있다는 점에서, 이 노래는 현실의 시공간을 벗어나고픈 욕망을 강하게 표출하고 있다고 할 수 있다. 뒤에 다시 언급하겠지만 화자가 지향하는 곳은 현재 겪고 있는 시름에 대한 고뇌 때문에 비롯한다. 지금의 고통은 과거에 그곳으로 가지 못했기 때문에 발생한 것으로 생각한다. 그곳이 바로 '청산'과 '바다'이다.

이 점을 이해하기 위해서는 1연의 서술 어조를 어떻게 해석하느냐에 달려있다. 1연의 의미가 현재의 진술인지 혹은 원망형願望形인 가정의 경우인지에 따라 상황이 다르게 이해될 수 있기 때문이다. 첫 행에 "살어리 살어리랏다"는 2행과 4행에 "청산(바다)에 살어리랏다"라는 말과 호응을 이루면서 화자의 강렬한 심정을 나타낸다. 이때 "살어리 살어리랏다"는 "살아갈 것이러라", "살리로다", "살았으면 좋았을 것을" 등으로 해석된다. 그러나 "살어리랏다"는 미래 원망형인 "살리로다"보다는 과거 원망형인 "살았더라면 좋았을 것을" 혹은 "살 것을 그랬도다"라는 의미로 해석하는 것을 취하기로 한다. 더욱이 "살어리"가 "살어리랏다"에서 '-랏다'가

생략된 표현이라고 한다면 1연에서 화자는 처해진 상황에서 벗어나고픈 간절한 마음으로 과거에 선택하지 못한 것에 대한 아쉬움과 후회를 표현하고 있다고 보인다.

이런 맥락에서 살핀다면 화자의 청산 지향은 앞으로 살았으면 하는 기대나 지금 살겠다고 하는 의지와는 다르다고 할 수 있다. 화자에게 현실적인 고통이 따르지 않았더라면 청산과 바다에서의 삶을 지향하지도 않았을 것이기 때문이다. 더욱이 1연과 같은 진술이 6연에서도 동일하게 나타난다는 점에서 이 노래의 화자가 탈현실을 꿈꾸는 욕망의 층위를 알 수 있다. 다만 6연에서는 '청산'이 '바다'로 바뀌면서 '머루와 다래'가 '나마자기와 구조개'로 교체되었을 뿐이다. 6연을 1연과 비교하면 어휘만 다를 뿐 의미는 변함이 없는 것처럼 보인다. 하지만, 화자가 청산에서 바다까지 꿈꾸고 있는 것을 볼 때 화자의 욕망은 특정한 한 장소만을 고집하는 것이 아니라 다면적임을 알 수 있다. 더욱이 후술하겠지만 6연과 1연에서 화자의 심층적인 태도를 같은 관점에서 이해해서는 안 된다고 생각한다.

이런 현실에 처한 한탄의 목소리는 전 8개 연 중 5연에서 알 수 있다. 5연에서 화자는 "어디에 던지던 돌인가 / 누구를 맞히려고 하던 돌인가 / 미워하는 마음도 사랑하는 마음도 없이 / 맞아서 우노라"라며 자신이 왜 고통을 당해야 하는지를 이해할 수 없으며 온전히 그 아픔을 감내해야 하는 실정이다. 이처럼 화자가 괴로워하고 있다면 5연은 이 작품의 창작 배경을 내포한다고 볼 수 있다.

1연에서 화자의 과거로의 지향志向은 2~4연에서 현재 자기 모습과 대비되면서 청산에서 살지 못한 것에 대해 후회하는 심사를 드러낸다. 이 노래를 창작하게 된 원인이 5연의 진술이라면, 5연은 자연스럽게 1~4연을 토로하게 된 계기로 작용한다. 이때 주목해야 하는 부분이 바다가 등장하는 6연이다. 이는 1연처럼 현실을 벗어나고픈 간절한 열망이 담긴 연이지만 화자의 현실적 자각이 큰 비중을 차지하고 있다. 표면적으로는 1연과 동일한 표현법을 사용하지만 여기에는 이 노래의 놀라운 함축적인 간결미가 담겨있다. 이는 〈청산별곡〉의 구조를 이해하는 데 중요한 역할을 한다. 1연에서 "청산에 살어리랏다"라고 발언한 뒤 2~4연에서 자신의 처지를 빗댄 심정 고백이 이어졌던 것처럼 6연에서 "바다에 살어리랏다"라고 심정을 표현한 다음에는 2~4연과 같은 심정 고백이 있어야 자연스럽다. 그런데 문제는 2~4연에 상응한 심정 고백을 6연 다음에는 찾아볼 수 없다. 차라리 6연이 없다면 오히려 뒤의 7~8연이 순차적으로 해석되어 의미가 자연스럽게 전달된다. 그런데 6연에 바다가 나타나는 것이다. 따라서 6연 뒤에는 1연에서처럼 2~4연에 대등하는 내용이 있어야 하는데, 바로 7연으로 이어지고 있다. 이는 6연과 7연 사이의 논리적 흐름이 단절되는 상황이다.

나는 이 부분을 화자의 "아서라!" 하는 심사가 발동했다고 생각한다. 이는 "청산에서 살았더라면 좋았을 것"이라 원망하며, 자신은 현재 어떤 것도 할 수 없는 것에 대한 애태움과 현재의 처지를 넋두리하다가, 이제는 청산이 아닌 바다라는 공간으로 바꾸어 6연처럼 토로한다. 그 순간 화자는 이런 넋두리나 하소연이 아무 소용이 없는 부질없는 행위임을 깨닫게 되자 체념으로 급반전하게 된다. 〈청산별곡〉 화자의 마음을 나는 이 부분에서 깨닫게 되었다. 앞서 집 문제로 고민하던 나의 모습과도 다를 바 없었기 때문이다.

이처럼 6연에서 갑자기 체념으로 전환되는 감정은 오히려 이 노래를 듣는 혹은 감상하는 사람들에게 화자의 괴로운 심사를 전달하는 데 최고의 압축미를 보여준다. 이런 의미에서 6연의 감정 절제의 표현 방식은 〈청산별곡〉의 문학적 가치를 높였다고 생각한다. 5연의 표현처럼 아무런 이유도 없이 당해야만 하는 현실에 대한 억울함에서 비롯된 화자의 정신적 유랑은 과거에 선택하지 못한 '청산에서의 삶에 대한 동경'(1연)을 하게 되고, 6연에서 '바다로의 삶을 소망'하게 된다. 그러나 이런 바람은 자신에게 아무 소용이 없다는 사실을 자각하면서 "아서라!"의 심정이 나타나고 7연의 내용으로 이어졌다고 판단된다. 긴 장대 위에 광대가 사슴 분장을 하고 올라가 해금을 켜고 있는 장면을 보는 화자의 심정은 어땠을까? 화자의 눈에 광대가 해금을 켜는 장면은 아슬아슬한 자신의 삶과 오버랩되어 더 처량하게 보였을 것이다. 그 소리는 가슴속 저변에서부터 밀려드는 서글픈 감정을 분출하기에 충분했을 것이리라.

이처럼 청산을 지향하는 것과 바다를 떠올리는 소망이 화자 자신에게는 오히려 힘겨운 처지만을 인식시킨 셈이다. 청산을 선택하지 못한 후회의 넋두리가 바다로까지 전이되어 꿈을 바꿔보지만 그것도 부질없는 일인 것을 느끼게 된다. 그가 현실에서 할 수 있는 것은 독한 술에 의지하여 자신의 생각, 고뇌를 잠시나마 벗어나는 일이다. 술에 자신을 맡기고 있는 것이 8연이고, 거기에서 그가 처한 현실에 대한 고통의 무게를 짐작할 수 있다.

〈청산별곡〉의 화자의 마음을 드라마 〈서울의 달〉에 삽입된 노래 〈서울, 이곳은〉에서 소환하고 있다. 드라마 〈서울의 달〉은 1994년 1월에서 10월 사이 방영한 모 방송국 주말 드라마였다. 김운경이 대본을 쓰고 정인이 연출했다. 서울의 달동네를 배경으로 다양한 인간 군상의 모습을 사실적으로 그려내 많은 인기를 끌며 평균 40%대의 높은 시청률을 기록했다. 1990년대 들어 각 방송의 인기 TV 드라마 주제가가 각종 대중가요의 인기 순위 1위를 점령하는 경향이 있었다. 특히 인기 드라마 주제가를 수록한 OST 음반은 밀리언셀러를 기록할 정도로 폭발적으로 팔려나가며 드라마 OST 열풍을 몰고 왔다. 이때 가장 많은 사랑을 받은 노래가 〈서울, 이곳은〉이었다. 1983년 대학가요제에서 은상을 받으며 가수로 데뷔했던 장철웅이 작곡을 하고 김순곤이 작사한 노래다. 장철웅은 이때까지만 해도 무명이었는데 〈서울, 이곳은〉과 〈서울의 달-TITLE〉을 불러 명성을 얻었다. 특히 〈서울, 이곳은〉은 2015년 방영한 드라마 〈응

답하라 1988〉에서 가수 로이킴이 부른 버전이 삽입되어 다시 한번
화제가 되었던 노래다.

아무래도 난 돌아가야겠어
이곳은 나에게 어울리지 않아
화려한 유혹 속에서 웃고 있지만
모든 것이 낯설기만 해

외로움에 길들여지므로
차라리 혼자가 마음 편한 것을
어쩌면 너는 아직도 이해 못하지
내가 너를 모르는 것처럼

언제나 선택이란 둘 중에 하나
연인 또는 타인뿐인걸

그 무엇도 풀 수 없는
나의 슬픔을
무심하게 바라만 보는 너

처음으로 난 돌아가야겠어
힘든 건 모두가 다를 게 없지만
나에게 필요한 것은 휴식뿐이야

약한 모습 보여서 미안해

하지만 언젠가는 돌아올 거야
휴식이란 그런 거니까
내 마음이 넓어지고 자유로워져
너를 다시 만나면 좋을 거야

처음으로 난 돌아가야겠어
힘든 건 모두가 다를 게 없지만
나에게 필요한 것은 휴식뿐이야
약한 모습 보여서 미안해
약한 모습 보여서 미안해
약한 모습 보여서 미안해

- 김순곤 작사, 장철웅 작곡, 〈서울, 이곳은〉(1994)

　　노래 가사 중 "아무래도 난 돌아가야겠어, 이곳은 나에게 어울리지 않아"에서, 이곳은 서울임을 제목에서 알 수 있다. 화려한 도시가 온갖 모습으로 유혹해도 화자에겐 낯설게 느껴진다. 서울 생활이 삶의 질을 높여준다며 모두가 상경을 꿈꾸는데, 혼자서 상경한 주인공은 서울 생활에 적응하지 못하여 다시 고향으로 돌아가고 싶다고 한다. '군중 속의 고독'이라는 말처럼 그는 혼자만의 외로움을 오롯이 감수해야만 했기 때문이다. 노랫말 속의 화자에게 언제나 선택이란 '연인' 또는 '타인'이다. 이렇게 이분법적 선택만이 존재하는 것이 서울이라는 곳이라고 말하고 있다. 정을 나누는 "함께"라는 의미보다 "동지" 아니면 "적"인 셈이다. 그런데 '언젠가는 돌아올거야'라고 하는 것을 보아 서울 생활에 미련을 버린 건 아니다. 〈청산별곡〉의 화자 또한 7연에서 광대의 해금 연주 때문에 비애감을 느끼고 8연에서 잠시 술에 자신을 맡기고 있는 것은 그동안 고단했던 삶을 표현하고 있다. 따라서 노랫말은 8연에서 끝났지만, 화자는 8연이 지나면 새로운 의지를 다졌을 것이라고 추측해볼 수도 있다.

나는 수풀 우거진 청산에 살으리라
나의 마음 푸르러 청산에 살으리라
이 봄도 산허리엔 초록빛 물들었네
세상 번뇌 시름 잊고 청산에서 살리라
길고 긴 세월 동안 온갖 세상 변하였어도
청산은 의구하니 청산에 살으리라

― 김연준 작사·작곡 〈청산에 살리라〉

이 노래는 한양대학교 설립자인 김연준金連俊(1914~2008)이 1973년 윤필용 필화 사건에 연루되어 구치소에 갇혔을 때 노랫말과 선율을 썼고, 2001년 발간된 시집 『청산에 살리라』에 80여 편의 시와 함께 수록된 작품이다. 짧은 구치소 생활이었지만 그에게는 수난의 시간이었으며 그때의 암흑 같은 감정을 달랠 길은 오직 음악뿐이었다. 종이도 연필도 없는 구치소 안에서 떠오르는 악상을 잊지 않으려고 그는 손톱으로 구치소 벽에다 악보를 그렸다고 한다. 그리고 풀려날 때쯤 종이와 펜을 얻어 그것을 옮겼다. 그가 구치소에서 작곡한 곡이 바로 그의 대표작 〈청산에 살리라〉이다. 이 노래는 청산을 통하여 세상의 번뇌와 시름에 대한 고통을 승화시킨 상징적인 가곡이다. 조변석개朝變夕改하는 현실과 달리 언제나 변함이 없는 청산에서 살고 싶다는, 내 마음도 청산처럼 푸르기에 청산에 사는 것이 당연하다는 태도다. 절제된 표현, 대담하고 강한 전개 방식의 대비가 짧은 길이의 곡임에도 강한 여운을 남긴다. 〈청산별곡〉의 화자 또한 〈청산에 살리라〉의 주인공과 같은 마음일 것이다. 그래서 지난날 '청산' 혹은 '바다'에서 살지 못한 것을 후회하는 것일 수도 있다. 이 땅에 사는 사람들치고 이런 후회 하나쯤 없는 사람이 있을까? "○○만 하지 않았더라면" 하지만 그것이 과거의 나보다 발전된 현재의, 미래의 나를 만들어가고 있는 것은 아닐까? 한다.

같은 나무에서 자라온 가지,
불러도 대답 없는 이름이여
〈제망매가祭亡妹歌〉

어느 시대든지 크고 작은 사건이 일어나기 마련이다. 그 현장에는 슬픔을 담은 조화가 줄을 잇고 분향소에는 추모하는 발길로 많은 사람이 아픔을 함께한다. 갑작스러운 이별은 아프다. 제대로 인사를 나누지 못하고 보낸 이들을 가슴속에 묻는다는 것은 너무 억울하고 괴롭다. 함께 뛰놀며 자란 형제자매가 젊은 나이에 먼저 떠나리라고 예상할 사람은 그리 많지 않다. 그런데 살다 보면 소설 같은 이야기가 현실이 될 때가 적지 않다. 태어나는 것은 순서가 있지만 죽는 것은 그렇지 못하다. 그런 순간을 맞닥뜨렸을 때 산 자는 고인을 추모하며 마치 그 불행이 자기 잘못인 양 가슴 아파한다. 사랑하는 이가 떠나면 그 슬픔과 고통은 남은 자의 몫이다. 특히 자식을 잃은 슬픔이 가장 참혹할 것이다. 공자의 제자였던 자하는 아들이 죽자 음식을 입에 대지 않고 밤낮으로 울부짖었다. 피눈물을 하도 쏟다 보니 나중에는 눈이 멀어버렸다고 한다. 이처럼 자식을 떠나보내는 일은 빛을 잃어버린 것과 같다. 지난 2022년 10월 이태원 참사로 아들을 잃은 한 어머니가 "'배가 너무 고파 내 입으로 혹시 밥이라도 들어가면 어쩌지'라는 생각에 내 입을 꿰매 버리고 싶은 심정"이라고 한 말이 기억난다. 자식을 잃은 어미의 마음이니 자하가 겪었던 괴로움처럼 당연한 일인데 살아있는 목숨이라 자신도 모르게 본능에 이끌리게 될까 오히려 두려운 것이다. 그만큼 가족의 죽음은 어느 것보다도 슬픈 일이다. 자식의 죽음을 두고 느끼는 부모의 마음과는 비교할 수 없겠지만 형제와 자매, 오누이 간에도 먼저 간 망자亡子에 대한 상실감은 적지 않을 것이다. 다음은 신라 경덕왕景德王(재위 742~765) 때 월명사月明師(?~?)라는 스님이 지은 향가인 〈제망매가〉이다.

생사의 길은
여기 있으매 머뭇거리고
나는 간다는 말도
못다 이르고 갔습니까
어느 가을 이른 바람에
여기저기 떨어지는 잎처럼
한 가지에 나고
가는 곳을 모르는구나
아, 미타찰彌陀刹에서 만날 나는
도를 닦으며 기다리련다

이 작품은 죽은 누이의 명복을 빌며 극락왕생하기를 기원하는 기도문의 성격을 띠고 있다. 하지만 종교적이고 주술적인 성격보다는 사랑하는 가족을 떠나보내는 감정이 잘 드러난 서정시의 성격이 강하다. 『삼국유사』〈월명사 도솔가〉조의 기록에 따르면 스님이 재齋를 올리면서 이 노래를 부르니 홀연히 바람이 일면서 지전紙錢[3]을 극락세계 방향으로 날렸다는 이야기가 전해진다.

49재[4]를 올리는 시점이니 누이의 영혼은 이승과 저승의 중간 영역이라는 중유中有를 떠돌고 있다. 따라서 첫 행의 '죽고 사는 길'은 임종의 순간이 아니라 누이가 중유에서 태어나고 죽는 길을 말하며 '여기'는 월명사가 49재를 올리는 시공간을 일컫는다. 이승과 저승의 중간에서 머뭇거림은 누이가 아직도 이승에 대한 미련이 남아 있다는 의미이다. 이것은 당연히 월명의 생각이다. 그만큼 누이와 사별을 안타까워하는 것이다. "나는 간다는 말도 못다 이르고 갔습니까"에는 마음의 준비도 하지 못한 순간에 닥친 누이의 죽음을 맞는 당혹감과 사별에서 오는 슬픔이 담겨 있다. 또한 월명은 비유를 통해 누이와의 관계를 설명한다. 나뭇잎은 한 가지에서 나고 가을에 떨어진다. 한 가지인 부모에서 나고 기약 없이 사라지

---

3) 지전은 돈 모양으로 오린 종이를 일컫는다. 죽은 사람이 저승 가는 길에 노자路資로 쓰라는 뜻으로 관 속에 넣는다고 한다.
4) 49재는 불교에서 사람이 죽은 날로부터 49일 동안 매 7일째마다 7회에 걸쳐서 개최하는 종교의례를 말한다.

는 것이 가족이다. 나뭇잎을 떨어트리는 것은 바람이니, 바람은 시련이나 병고病苦 등을 의미한다. 떨어져 뒹구는 낙엽이 어디로 가는지 모르는 것처럼 사람도 마찬가지다. 그래서 월명은 "가는 곳을 모르는구나"라고 고백하고 있다. 그런데 이 언술에서 나는 월명의 인간다움을 엿보게 된다. 바로 다음 구절에 "미타찰에서 만날" 것을 기다린다고 한 것을 미루어 스님이었던 월명이 '사람이 죽어서 어디로 가는 곳을 모르겠다'라고 한 진술은 모순되지만 인간적인 모습이다. 미타찰은 아미타불이 머무는 극락세계로, 서방정토를 의미한다. 불교에서 깨달음을 얻어 윤회를 벗어나면 이를 수 있는 곳이 극락이다. 자신이 "도를 닦으며 기다리련다"라는 것은 윤회를 반복하다가 서방정토에 이를 누이를 위해 준비하고 있겠다는 다짐이다. 화자는 언젠가 두 사람이 극락왕생하게 되어 만날 것을 굳게 믿고 있다. 화자는 이렇게 다짐하며 누이와의 만남을 바랐던 인물이다. 그런데도 앞에서 누이가 어디로 가는지 모르겠다고 고백하는 것은 머리와 가슴 간의 현실적 거리를 보여준다. 이성적으로 생각하면 누이의 거취에 대해 확신할 수 없었지만 불자의 관점으로 보면 극락왕생을 통해 서방정토에서 만날 수 있음을 기대하고 있기 때문이다. 어떻든 미타찰에서 누이와 다시 만날 것이라는 소망은 월명에게 자신의 노력과 다짐의 근거가 되어 사별의 슬픔을 이겨내는 힘이 되고 있다.

다음은 연암燕巖 박지원朴趾源(1737~1805)이 여덟 살 위 누님의 죽음을 두고 쓴 묘지명이다.

돌아가신 누님의 이름은 박 아무이고, 반남 박씨다. 그 동생인 지원 중미는 다음과 같이 묘지명을 쓴다.

누님은 열여섯 살에 덕수德水 이씨 백규伯揆 이택모에게 시집가 1녀 2남을 두었다. 신묘년(1771) 9월 초하루에 세상을 떠났다. 향년 마흔셋이다. 남편의 선산이 까막골에 있어서 서향의 언덕에 장사 지내게 되었다. 백규가 어진 아내를 잃은 데다 가난해 살아갈 여력이 없자, 어린애들과 계집종 하나, 솥과 그릇, 상자 등을 챙겨 배를 타고 산골짝으로 들어가려고 상여와 함께 출발했다. 나는 새벽에 두포의 배 안에서 그를 떠나보내고, 통곡한 뒤 돌아왔다.

아아! 누님이 시집가던 날 새벽 화장하던 것이 어제 일만 같구나. 나는 그때 갓 여덟 살이었다. 장난치며 누워 발을 동동 구르며 새신랑의 말투를 흉내내어 말을 더듬거리며 점잔을 빼니, 누님은 그만 부끄러워 빗을 떨구어 내 이마를 맞추었다. 나는 성나 울면서 먹으로 분을 뒤섞고, 침으로 거울을 더럽혔다. 그러자 누님은 옥오리 금벌 따위의 패물을 꺼내 내게 뇌물로 주면서 울음을 그치게 했었다. 지금으로부터 스물여덟 해 전의 일이다.

말을 세워 강 위를 멀리 바라보니, 붉은 명정은 바람에 펄럭거리고 돛대 그림자는 물 위에 꿈틀거렸다. 언덕에 이르러 나무를 돌아가더니 가리워져 다시는 볼 수가 없었다. 그런데 강 위 면 산은 검푸른 것이 마치 누님의 쪽 찐 머리 같고, 강물 빛은 누님의 화장 거울 같고, 새벽달은 누님의 눈썹처럼 보였다. 빗을 떨어뜨리던 시절을 울면서 생각하니, 어릴 적 일이라서 가장 또렷하게 기억나고, 기쁨과 즐거움이 또한 많았다. 세월이 길다지만 그 사이에 언제나 이별, 근심, 가난이 있어 꿈결처럼 덧없이 지났다. 형제로 지내던 시절이 어찌 그리도 빨리 지나갔던가.

가는 이 정녕코 뒷날 기약을 남겨도
보내는 이 눈물로 옷깃을 적시누나.
쪽배로 이제 가면 어느 때 돌아올까
보내는 이 할 일 없이 언덕 위로 돌아가네.

           – 박지원 〈백자증정부인박씨묘지명伯贈貞夫人朴氏墓誌銘〉

    묘지명이란 일반적으로 죽은 사람의 족보나 신분, 생전의 행적 등을 객관적으로 기록한 글로, 보통 돌에 새겨서 무덤 속에 넣는다. 이는 크게 두 부분으로 나누는데, 앞부분에는 죽은 이의 족보와 행적을 산문 형식으로 서술한다. 이를 "지誌"라 한다. 뒷부분은 죽은 이에 대한 운문 형식의 칭송 글로 이를 "명銘"이라고 한다. 연암의 글을 보면 묘지명의 특징인 산문과 운문의 형식을 갖추고 있지만, 정통 묘지명의 정석과는 다르다. 죽은 누이에 대한 족보나 신분 등을 내세워 행적을 알려준다기보다는 가난하고 무능한 매형을 만나 고생만 하다가 세상을 떠난 누이에 대한 안타까움이 글 곳곳에 스며있다. 대뜸 누이가 시집가던 날을 회상하며, 누이와 헤어지기 싫어서 마음에도 없는 심술궂은 행동을 하여 누이를 당황하게 했던 일을 이야기한다. 자신의 철없는 행동에도 오히려 동생을 달래주려는 따뜻한 성품을 지닌 누이다. 여덟 살이나 어린 연암에게 누이의 영정이 산길을 돌아 떠나서 보이지 않게 되자, 곧바로 사방에 존재하는 사물이 누이로 환원되어 나타난다. 강 위 먼 산의 검푸른 것이 쪽 찐 머리로, 강물 빛은 화장 거울로, 새벽 달은 누이의 눈썹으로 보인다. 마음속에 누군가를 품고 있으면 온갖 사물에서 그의 존재를 볼 수 있다는 말이 연암의 글에서 돋보인다. 누이와의 이별이나 근심 걱정과 가난했던 시절은 지독하게 길게만 느껴진다. 향년 42세로 떠난 누이와 함께 지낸 세월은 누이가 시집가기 전 8년 정도의 기간이었다. 당시 힘겨운 생활 때문에 세월의 변화도 알 수 없었는데 돌이켜보니 그 시간이 아쉽고 너무 빠르게 지나간 것이 서글프게 느껴진다. 마지막 고인을 칭송하는 운문의 형식인 "명"은 형식만 갖추었을 뿐 온통 언제 돌아올지 모를 누이에 대한 그리움으로 가득하다. 앞서 월명사가 마음의 준비도 하지 못한 채 떠난 누이동생에게 느꼈던 안타까운 심정이 연암에게서도 동일하게 나타난다. 다만 저세상에서 만날 것을 기약하는 월명사와 달리 언제 다시 만날 수 있을까 하는 말로 끝내는 연암의 이야기가 가슴을 뜨겁게 만든다. 내세에 대한 믿음의 여부가 작품 속에서 드러난 것처럼 보인다.

다음은 박목월 시인이 아우의 죽음을 두고 쓴 〈하관下棺〉이라는 작품이다.

관棺이 내렸다.
깊은 가슴 안에 밧줄로 달아 내리듯.
주여
용납하옵소서.
머리맡에 성경을 얹어 주고
나는 옷자락에 흙을 받아
좌르르 하직下直했다.

그 후로
그를 꿈에서 만났다.
턱이 긴 얼굴이 나를 돌아보고
형님!
불렀다.
오오냐. 나는 전신全身으로 대답했다.
그래도 그는 못 들었으리라.
이제
네 음성을
나만 듣는 여기는 눈과 비가 오는 세상.

너는 어디로 갔느냐
그 어질고 안쓰럽고 다정한 눈짓을 하고.
형님!
부르는 목소리는 들리는데
내 목소리는 미치지 못하는.

다만 여기는
열매가 떨어지면
툭 하는 소리가 들리는 세상.

- 박목월, 〈하관〉

　박목월의 〈하관〉도 사랑하는 동생의 죽음을 애통해하는 작품이
다. 동생의 하관 장면을 통해 떠나가는 동생에 대한 슬픔과 그리움
을 나타내고 있다. 하관下棺은 장지에서 관을 땅속으로 내리는 일을
말한다. 앞서 연암은 묘 안에다 매장하는 묘지명에 죽은 누이에
대한 슬픈 감정을 표현하였다. 박목월은 관을 땅속으로 내리는 장
면을 포착하고, 꿈속에서 만난 동생은 죽지 않은 듯 형님이라는
소리를 부르고 형이 '오오냐' 하고 대답하는 장면을 나타내었다.
그러나 마지막 연에서 '열매가 떨어지면 툭 하는 소리가 들리는
세상'이라는 것에서 이승과 저승 사이의 아득한 단절감과 거리감을
표현하고 있다. "주여 용납하옵소서. 머리맡에 성경을 얹어 주고"
라고 했지만, 기독교 신도로서 훗날 천국에서 만날 것에 대한 소망
이라기보다는 의례적인 상투어의 느낌이 든다. 〈제망매가〉의 월명
이 "가는 곳 모르겠다"라고 짐짓 말하는 어투와 닮았다.
　나 또한 오래전에 6살 위인 누나를 떠나보냈다. 당시 누나는 소
화가 안 된다며 소화제를 노상 달고 살았다. 동네 병원에서도 소
화제 처방만 해주었기에 소화불량인 줄 알았다. 소화제를 먹어도

차도가 없자 큰 병원에 가서 정밀 진단을 받아보기로 했다. 거기에서 췌장암 말기 진단을 받고서야 그동안 부질없이 소화제만 복용했던 지난날이 야속하기만 했다. 병 치료를 위해 손쓸 겨를도 없이 한 달여 만에 누나는 가족 곁을 떠났다. 잠시 투병 중에 있었던 일 중에 아직도 잊히지 않은 것이 있다. 배에 복수가 차고 온몸의 살이 빠져 있는 누나를 위해 나는 하나님께 치유해달라고 기도드렸다. 그런데 누나는 나를 보고 "그래 내가 치유되겠다는 믿음이 그렇게 안 드니?" 하는 것이었다. 내 입으로는 누나가 치유될 줄 믿는다고 했지만 힘이 없고 확신도 없는 내 목소리를 들었기 때문이라는 생각이 든다. 그 물음을 듣고 참 부끄러웠던 기억이 아직도 생생하다. 그리고 누나가 떠난 뒤, 슬퍼하고 있던 내게 주변에서 '누나가 천국 갔는데 왜 그렇게 슬퍼하느냐'고 하는 것이었다. 기독교인이라면 모두가 천국에 소망을 두고 있는 것은 자연스러운 일이다. 누나가 천국에 갔을 것이라는 말은 지극히 당연하고 내게 말한 것도 이상해할 것도 없다. 그런데도 당시에 나는 그 말에 위로받기보다는 굉장히 서운했다. 그만큼 나는 기독교인이면서도 천국에 대한 소망과 믿음이 참 부족하다는 것을 느꼈다. 그래서 나는 〈제망매가〉를 보면서 스님인 월명사가 보여주었던 인간다움에 끌리는지도 모르겠다. 연암이나 목월의 작품에서도 떠난 이에 대한 안타까움이 크게 느껴진다.

"자식이 부모보다 먼저 죽으면 부모는 자신을 가슴속에 묻는다"

는 말이 있다. 이에 비해 같은 나무에서 자란 형제가 사별하면 남아
있는 형제는 그를 추억 속에 묻는 것 같다. 세월이 흐르다 보니
이제는 아련한 기억 속에 머물러 있을 뿐, 현재의 나는 분주한 하루
하루를 챙기기에도 버거운 현실에 살고 있다. 모든 것이 부족하고
어려운 어린 시절이었지만 그래도 형제들이 함께 모여 토닥토닥
거리며 지내던 그 시절이 가슴 한구석을 툭툭 치는 것을 느낀다.

지은이 **이정선**

옛 유적지에 가는 것을 좋아한다. 그곳에 가면 새로 보수된 건축물보다는 세월이 변해도 변하지 않는 돌계단이나 오래된 나무에 눈길이 더 간다. 손으로 만져 보거나 귀를 가만히 대보기도 한다. 그럴 때면 어느덧 귓가에 수백 년 전 선인들이 걷던 발걸음 소리와 그들이 나누던 목소리가 들리는 듯하다. 나는 옛사람들을 이런 방법으로 만난다.

중국 것만 가치가 있다고 생각하던 때에 조선의 가치를 소중히 여긴 사람들을 주목하여「조선 후기 한시의 조선풍 연구」로 한양대학교에서 박사학위를 받았다. 그 후 시대를 거슬러 고려 시대 사람들의 사랑과 욕망을 엿볼 수 있는 고려가요를 탐구하였다. 10여 년의 결과물을『고려시대의 삶과 노래』로 출간하였다. 이번에 독자들에게 선보이는『고전시가 쉽게 읽기』는 교양서이다. 일반 독자들에게 고전시가라는 이름으로 손을 내민다. 맞잡은 손이 옛날과 지금, 미래를 알아가는 디딤돌이 되었으면 좋겠다. 현재 호서대학교에 재직하며 학생들을 가르치고 있다.

고전시가 쉽게 읽기

옛사람의 사랑과 욕망

2024년 2월 28일 초판 1쇄 펴냄

지은이 이정선
펴낸이 김흥국
펴낸곳 보고사

책임편집 이순민
표지디자인 김규범

등록 1990년 12월 13일 제6-0429호
주소 경기도 파주시 회동길 337-15 보고사
전화 031-955-9797
팩스 02-922-6990
메일 bogosabooks@naver.com
http://www.bogosabooks.co.kr

ISBN 979-11-6587-594-7   93810
ⓒ 이정선, 2024

정가 15,000원